www.loqueleo.es

Ronda de Europa, 5. 28760 Tres Cantos, Madrid
Teléfono: 91 744 90 60

ISBN: 978-84-9122-518-8
Depósito legal: M-31269-2023
Printed in Spain - Impreso en España

Primera edición: febrero de 2024

Directora de la colección:
Maite Malagón
Editora ejecutiva:
Yolanda Caja
Coordinación editorial:
Marta Olivares
Dirección de arte:
José Crespo y Rosa Marín
Proyecto gráfico:
Marisol del Burgo, Rubén Chumillas, Julia Ortega, Álvaro Recuenco y Laura Ruiz

Las materias primas utilizadas en la fabricación de este libro son reciclables y cumplen ampliamente con la normativa europea de sostenibilidad, economía circular y gestión energética.

34

GRAVEDAD 1

ANA
ALONSO

loqueleo

1

—Ray, Sol... ¿Podéis venir un momento? Tenemos algo que deciros. 7

Mi hermana Sol retiró las manos de las teclas flotantes del vibrarmonio y se volvió hacia mi madre, que esperaba en el umbral de la terraza. Su silueta alta y menuda se recortaba a contraluz sobre el cielo azul claro del atardecer. Detrás de ella brillaba una de las esculturas flotantes de mi tía Mónica, hecha con los grandes tornillos oxidados de una nave de la primera generación y, más allá, las torres de pisos transparentes sobre el acantilado. El abuelo siempre decía que tenemos una de las mejores vistas de Tyr.

Lo echo tanto de menos...

Yo dejé con cuidado sobre la mesa la pintura en tres dimensiones que tenía que entregar al día siguiente en clase de diseño. El arte no es lo mío, y me había llevado toda la tarde dibujar aquel árbol contrahecho con varias capas de resinas líquidas. Más que un árbol, parecía un calamar terrestre de esos que salen en las películas.

—No entiendo por qué tenemos que perder el tiempo haciendo estas cosas —gruñí, poniéndome en pie con un suave rebote sobre el suelo de cristal—. Cualquier IA lo hace mejor que nosotros. Estamos en 2523, no en la Edad Media.

—Ya lo entenderás. A su debido tiempo —dijo mi padre, que acababa de entrar en el salón.

Todavía traía puesta la túnica del trabajo, pero, por la expresión agotada de su rostro, comprendí que ya se había desconectado de Pansophos.

Tener un padre filósofo es una de las experiencias más desconcertantes del mundo. La mitad del tiempo (cuando está conectado a la red de sabiduría mixta artificial-humana de Pansophos) se comporta como una especie de monje budista iluminado e indiferente a todo. El resto del día es un señor en camiseta que se pasea despistado por la casa y te pregunta veinte veces qué tal en clase o qué hay para cenar. A mí me cae mejor el señor en camiseta, es más humano.

Se supone que algún día yo también tendré que llevar la túnica de Pansophos y conectarme a su red. Todos piensan que eso es una suerte, sobre todo mi hermana Sol, que no pasó el examen genético para optar a filósofa. Su puntuación fue tan rara que no creo que la dejen ni siquiera ser periodista, como mamá. Como mucho, podrá trabajar de recicladora, igual que la tía Mónica, que es hermana de mi padre.

A mí, la verdad, ser una terminal humana de la IA marciana más poderosa me parece un aburrimiento. Si lo sabes todo, a ver..., ¿qué te queda en la vida?

El abuelo me entendía, aunque no lo dijera abiertamente. Él podría haber formado parte de Pansophos y renunció. Hasta el día de su transición, se dedicó a entrenar colonos para las nuevas ciudades del cinturón de asteroides y a hacer pequeñas manualidades con vidrio y metales reciclados. «Prefiero las mentes biológicas», decía siempre. «Son más agradecidas que las artificiales».

Celebramos su transición al principio de este invierno, no hace todavía ni cinco meses. Antes de que devolvieran su cuerpo a la naturaleza, quiso que lo acompañásemos a ver por última vez el Monte Olympus. Dormimos a unos cien kilómetros de la base, en un refugio desde donde se pueden ver los veinticinco kilómetros de altura del volcán. Hacía mucho frío, pero a él no parecía importarle. Se empeñó en encender la chimenea del refugio (había pedido una licencia especial), y fue la primera vez que Sol y yo vimos el fuego. A veces, cuando estoy a punto de dormirme, recuerdo la esfera anaranjada de las llamas, sus movimientos fantasmales y el ruido casi imperceptible que hacían, como suspiros.

—Quien no ha visto el Monte Olympus no es un auténtico marciano —repetía el abuelo siempre.

—Entonces, ¿qué es? —le preguntaba yo riéndome.

Él se encogía de hombros.

—No sé. Un paria. Un sintierra. Alguien de quien no te puedes fiar.

Se le tensaba la mandíbula cuando decía eso.

En la terraza, la cena se estaba cocinando en los platos inteligentes sobre una mesa baja de madera. Por el olor, parecía pasta de proteína marina. Las algas de la ensalada eran frescas, las había cogido mi madre un rato antes del huerto de pared de la cocina.

Me senté en la barandilla transparente de espaldas a la ciudad y me balanceé un poco adelante y atrás, como me gustaba hacer de pequeño.

—Para —dijo mi hermana—. ¿Es que quieres caerte?

A Sol le dan miedo las alturas. También le dan miedo los espacios abiertos sin cúpulas, los zoológicos virtuales, el fuego, el mar, los precipicios y los ruidos en medio de la noche. Si lo piensas, sería más rápido hacer una lista de las cosas que no le dan miedo que lo contrario.

—Queremos hablaros de las vacaciones. Este año van a ser un poco diferentes —comenzó mi padre—. Vamos a ir a un sitio... distinto. Sí. Muy distinto. Muy distinto de la aerocaravana en Noctis Labyrinthus. Qué bien lo pasamos, ¿eh? Como iba diciendo... Es complicado. Sigue tú, Eliana.

Aquel intento de explicación le había dejado exhausto. Su cerebro tardaba en resetearse cuando se desconectaba de la red, y se pasaba un par de horas distraído, incapaz de centrarse en nada.

—Gracias, Duncan. —Mi madre lo miró con un destello de preocupación, pero enseguida se volvió hacia nosotros—. La transición de mi padre ha sido dura para todos. Sé que lo queríais mucho. Y esto coincide con una misión especial de Pansophos que le han encargado a papá. Podría ir él solo, pero, para mí, es la oportunidad de hacer el reportaje de mi vida. Y de atar algunos cabos sueltos del pasado, cosas que mi padre nunca llegó a explicarme. Así que hemos pensado..., ¿por qué no vamos los cuatro? Pansophos está dispuesta a financiar el viaje y puede ser una experiencia maravillosa también para vosotros.

—Espera... ¿Vamos a ir a Phlegra Montes?

Desde pequeño he querido visitar los jardines de Phlegra Montes, con sus extraños paisajes de hielo y agua líquida, pero es una reserva de la Aresfera y solo se puede entrar con permisos especiales.

—Yo no pienso ir a Phlegra Montes ni atada —protestó Sol—. ¡Están casi en el polo! Y, además, si no dejan que vaya la gente normal, será por algo.

—No vamos a ir a Phlegra Montes —dijo mi padre—. Es más lejos.

—No hay nada más lejos —repliqué—. A no ser que... ¿Una estación orbital?

—No. Más lejos. —Mi padre miró inseguro a mi madre—. A lo mejor no es buena idea. Deberíamos haberlos preparado...

—No hay tiempo. El lanzamiento es en dos semanas, lo tomamos o lo dejamos. Y no lo vamos a dejar. No estoy dispuesta. Ahora que ya me he hecho a la idea... No me mires así, Sol. Todos los adolescentes de Marte querrían estar en vuestra piel. Vamos a viajar al viejo planeta Madre. ¡Nos vamos a la Tierra!

2

¿Alguna vez os han propuesto pasar las vacaciones en un vertedero de residuos tóxicos? ¿O en una cloaca? ¿O en una mina de primera generación ruinosa y abandonada?

A mí la Tierra me sonaba a una mezcla de esas tres cosas.

Por supuesto, es el planeta Madre. Todos sabemos que, en su día, debió de ser un sitio espectacular. Salvaje y peligroso, pero bonito a su manera. Y las antiguas ciudades humanas, que la gente construía a lo loco, y luego se destruían en guerras sin sentido, y se volvían a construir... Suena a mundo legendario de novela inmersiva. Todos lo hemos visitado alguna vez jugando a Antica o alguna de sus muchas secuelas en nuestras consolas de realidad virtual. Pero, en serio..., ¿alguien que no esté rematadamente loco puede estar interesado en meterse de verdad en un escenario de videojuego?

Pues parece que sí. Toda mi familia.

Y lo más irritante es que eso incluye a Sol. La miedosa de Sol, que no puede acercarse ni a la barandilla de la terraza sin pegar un chillido, que en la excursión con el abuelo al Monte Olympus vomitó después de ver el fuego y tuvo pesadillas toda la noche… Ahora resulta que está encantada con la idea de pasar un mes dentro de una lata flotante para terminar en un planeta recalentado, contaminado y hostil donde cada uno de nosotros pesará tres veces más que en Marte. Dice que va a ser «curioso».

Estábamos los dos sentados en la arena roja de la playa de Har Decher, frente al mar Borealis. Mi padre y mi madre habían ido a poner las últimas firmas biométricas en los documentos para el viaje. Llevábamos monos ultratérmicos y mascarillas con suministro de oxígeno para poder permanecer más de una hora en el exterior. Son situaciones que a Sol, generalmente, la ponen muy nerviosa. Pero allí en la playa parecía relajada, casi contenta.

—¿Iremos a París? ¿Y a Londres? He leído mucho sobre esos sitios.

Sol es de las que todavía prefiere una novela hecha de palabras a una novela inmersiva. Así se imagina los escenarios como le da la gana. No sé, para mí es demasiado esfuerzo, no tengo tanta imaginación.

—Los verdaderos Londres y París no son como en tus libros —le espeté de mal humor—. ¿Qué te crees, que vas a encontrarte a la gente bailando bajo los árboles al son del acordeón y las tiendas de moda de lujo o las cafeterías con mesitas y sillas en la calle? Esos sitios no son más que ruinas vacías. Ni siquiera creo que nos dejen visitarlos. Además, no vamos a eso.

—Papá va a recopilar datos de los últimos cambios terrestres para Pansophos. Si esas ciudades han cambiado, tendremos que ir a verlas.

—No creo que hayan cambiado. No creo que nada haya cambiado. La Tierra es un planeta muerto.

Sol me miró con el ceño fruncido.

—¿Por qué dices eso? Todavía viven allí millones de personas. Y otros seres vivos. Animales... Algo que aquí no tenemos.

—Esa gente no vive, sobrevive. Están allí porque no tienen ningún sitio adonde ir. No me mires así, yo lo siento por ellos. Es injusto... Pero ¿de verdad hace falta mandar a una persona a ver todo eso? ¿No pueden hacerlo con IA? Y nosotros de acompañantes, para rematar.

—Quieren la perspectiva humana. Para eso existe Pansophos, para no perder el enfoque humano. Mamá tiene razón, es una oportunidad increíble.

—Para tener cinco años, eres asquerosamente madura —bufé, y no lo dije en plan amable.

Sol prefirió fingir que no captaba mi hostilidad.

—Cinco años y medio —me corrigió.

Nos quedamos callados mirando el mar. Las velas solares de los barcos deportivos brillaban como si fueran de plata. El cielo tenía una tonalidad amarillenta y el mar era azul oscuro con reflejos verdosos allí donde rompía alguna ola.

—¿Has pensado que, en la Tierra, eso serían once años? —dijo, rompiendo el silencio—. Un año terrestre es casi la mitad que el nuestro.

—Nuestro año es 1,88 veces más largo, sí. O sea, que yo, que acabo de cumplir ocho..., tengo unos quince años terrestres.

Sol asintió. Pensativa, hundió la mano derecha en la arena roja, levantando una nube de granitos que flotaron en el aire antes de ir depositándose de nuevo sobre la playa.

—Allí todavía existe la vejez —murmuró—. Eso sí me va a impresionar. ¿Crees que nos arrugaremos y nos encogeremos?

—Solo vamos a estar un verano terrestre, que es como medio verano de aquí. No creo que nos dé tiempo a envejecer. Además, con todas las vacunas que nos han puesto... Estamos blindados, no te preocupes por eso.

—No existe vacuna para el envejecimiento. Allí el sol calienta mucho más. Los rayos UVA... Y mamá ha dicho que no podemos usar la ropa inteligente de aquí. Hay que mantener un perfil bajo.

—Bueno, más divertido, ¿no? Iremos disfrazados de terrestres —contesté sonriendo.

En ese momento me entró la vena protectora. Me fastidiaba ver a Sol ilusionada con el viaje como una inconsciente, pero la verdad es que no quería arrastrarla a mi pesimismo. Habría sido demasiada carga.

Además, todo aquello del perfil bajo que nos había explicado mi madre me daba mala espina. ¿En serio pretenden que nos hagamos pasar por terrestres? Tenemos altura marciana, largos y flexibles músculos marcianos, piel clara marciana... Cuando se lo dije a mi padre, estaba conectado a Pansophos. Me contestó con una explicación larguísima sobre la enorme variedad de fenotipos humanos terrestres en comparación con la uniformidad marciana.

—No he entendido casi nada de lo que me has dicho —tuve que reconocer al final.

Mi madre, que andaba por allí, me lo aclaró en pocas palabras.

—Quiere decir que en la Tierra hay gente de todas clases: altos, bajos, morenos, blancos, gruesos, flacos, viejos y jóvenes... Todas las combinaciones de características que te puedas imaginar existen. Así que nadie va a pensar que somos raros. ¡Todo el mundo lo es!

—Pero ¿por qué no podemos decir que somos marcianos? ¿Es que nos matarían o algo así?

Lo pregunté por hacer la gracia, pero mi madre no se rio.

—Es un planeta complicado —dijo—. Mejor no arriesgarse. Hay que tomar precauciones. Además, tenemos motivos para creer que las cosas están cambiando mucho por allí últimamente. Como no están conectados a Pansophos ni a ninguna gran IA, no lo sabemos con certeza. A eso vamos precisamente, a averiguar qué está pasando. Bueno, vosotros no. Vosotros vais de vacaciones, a disfrutar y a relajaros.

Unas vacaciones donde te obligan a ir disfrazado porque, si no, te juegas la vida no suenan muy relajantes, pero ya había comprobado que no servía de nada discutir.

En la playa, mientras Sol jugaba a levantar nubecillas de arena que se quedaban flotando a su alrededor, me acordé de otra cosa que, al plantear el viaje, nadie había mencionado.

—¿Tú crees que todo esto tiene que ver con la abuela? —pregunté—. Rebeca, la madre de mamá. Murió en la Tierra.

—Lo he pensado. A lo mejor, después de morir el abuelo, a mamá le han entrado ganas de ver también el lugar donde murió su madre. Allí a los muertos los entierran en el suelo y ponen esculturas encima. Es un poco siniestro.

—Pero la abuela murió en un ataque de guerrilleros terrestres medioambientales. Y no encontraron su cuerpo —recordé.

Sol se tumbó hacia atrás en la arena y clavó la mirada en el punto plateado de Deimos, que quedaba justo sobre nosotros.

—Ojalá me dejaran conectarme a Pansophos —murmuró—. Así lo sabría todo y nunca tendría miedo.

***

Esa misma tarde nos llevaron al puerto espacial a ver la nave. No estaba en la sección de vuelos comerciales, sino en el sector privado. Desde una plataforma elevada, podíamos ver la mezcla de vehículos de todas clases para viajes turísticos orbitales, misiones al cinturón de asteroides y a los satélites de Júpiter, y cohetes de transporte para ir a la Tierra.

—La nuestra es esa, la tercera de la fila de la derecha —dijo mamá apuntando hacia una especie de tornillo oxidado gigante—. Se llama Terra Rustica. Tiene su encanto, ¿verdad?

Me fijé en que la superficie exhibía algunos parches metálicos aquí y allá, y unas cuantas abolladuras. El nombre figuraba en la parte delantera, justo debajo del visor de tripulación. Terra Rustica... y, al lado, un trébol de cuatro hojas de un color verde sucio y con los bordes medio borrados.

—No lo dirás en serio. Parece una nave de un videojuego de los primeros colonos —dije, casi sin voz—. ¡No podemos ir ahí!

—Es de fabricación terrestre —confirmó mi padre, que estaba conectado y todo lo veía bien—. Un modelo de hace 75 años para transporte familiar. Es la única de aquella serie que se mantiene en funcionamiento, pero ha estado bien cuidada.

—Es un cascarón oxidado —dijo mi hermana—. No creo que pueda ni despegar...

—Despegará. Tiene un motor de fusión de los antiguos, económico y fiable —soltó mamá, como si ella fuera una experta—. Y el trébol de cuatro hojas significa que traspasó el límite de las cien travesías entre Marte y la Tierra. Para los terrícolas, eso quiere decir que es un cacharro con suerte.

3

Una vez, cuando estaba en tercero, fui con toda mi clase de excursión a los volcanes de Tharsis. Subimos en el ascensor de Arsia Mons y la aceleración te empujaba con tanta fuerza contra el suelo que tenía la sensación de que iba a terminar aplastado como un cromo. Me acuerdo más de eso que de las vistas desde la cima de Arsia...

Bueno, pues despegar a bordo de Terra Rustica fue algo parecido a aquella subida, solo que veinte veces peor.

Mientras la inercia nos apretaba contra el suelo de la cabina de control y el cinturón se me clavaba en las costillas, las placas metálicas de las paredes vibraban con un ruido ensordecedor, y tenías la sensación de que en cualquier momento iban a salir volando en todas direcciones. Apreté los dientes e intenté convencerme de que solo duraría unos segundos, pero mi estómago no quería colaborar. Era como si hubiese decidido quedarse en Marte mientras yo salía disparado hacia la Tierra... Tiraba de mí hacia abajo y en algún momento pensé que nuestros caminos se separarían.

Cuando la velocidad empezó a estabilizarse, mis órganos rebotaron hacia arriba (o eso es lo que a mí me pareció) y creí que había llegado el momento de vomitar. Afortunadamente, tenía el estómago vacío. Era parte de la preparación para el despegue. Doce horas en ayunas...

Cuando por fin se estabilizó la velocidad, mi madre nos dijo que podíamos desabrocharnos los cinturones.

—Estamos pasando muy cerca de Fobos —comentó—. ¿Queréis que nos acerquemos al mirador para verlo? Pero poneos las zapatillas de velcro, estamos en gravedad cero ahora mismo.

Más fácil decirlo que hacerlo. Sol se las puso en un minuto, pero a mí se me salió la zapatilla derecha cuando estaba calzándome la izquierda. Me quedé observando como un bobo la zapatilla flotante mientras mi hermana, ya de pie y pegada al suelo con los velcros, se partía de risa.

—Da igual, luego la cojo —dije, haciéndome el valiente—. Puedo ir sin ningún problema a la pata coja.

Pero resultó que no era tan fácil. Saltar cuando tienes un pie pegado al suelo con un velcro te obliga a darte bastante impulso. Y si no hay gravedad que tire de ti para volver a caer... Bueno, terminas flotando de una manera tan tonta como la zapatilla.

Mamá se reía tanto como Sol, y yo estaba tan furioso que, en condiciones normales, me habría puesto rojo como un tomate. En gravedad cero, supongo que lo que se me pondría rojo sería un pie... o una mano... De todas formas, una vez que te acostumbras, flotar en el aire es una pasada. Te sientes mitad bailarín mitad mota de polvo en una tormenta marciana. Por lo menos, me las arreglé para recuperar la zapatilla y ponérmela en medio de una voltereta. Luego me di impulso con los brazos, como si estuviese nadando, y terminé aterrizando de lado sobre una pared donde pude por fin pegarme con los velcros. Parecía Spiderman.

Cuando logré arreglármelas para llegar hasta el mirador, mis padres y Sol ya estaban allí, contemplando los cráteres de Fobos con la boca abierta. Deimos brillaba detrás y los detalles de su superficie no se distinguían.

—Parece una patata vieja —dijo Sol—. De las que cultivas en el garaje, mamá.

—Nunca entenderé por qué le pusieron ese nombre —observé yo, con ganas de impresionar a mi hermana—. *Fobos* significa «terror», pero ¿a quién puede darle miedo una patata flotante?

—No sé... ¿A alguien que va a bordo de una nave descuajaringada llamada Terra Rustica? —replicó ella con ironía.

—La nave es segura, Sol, no tienes que preocuparte —dijo mi madre—. Y, ahora que ya hemos estabilizado la velocidad, podéis ir al módulo vivienda. Estaréis más cómodos. Duncan, tú vete con ellos. Se te ve cansado. Yo me quedo de guardia vigilando los controles y dentro de un par de horas me relevas.

No tardé mucho en darme cuenta de que el concepto de comodidad en un viaje espacial es bastante relativo. A lo que más se parecía el módulo vivienda era a una aerocaravana familiar, aunque en forma de anillo. Lo único bueno era que, si te pegabas lo suficiente a las paredes exteriores al caminar, sentías el suelo tan firme bajo tus pies como si estuvieras en Marte. Eso era porque la gravedad artificial de la nave se conseguía haciendo rotar el módulo a la velocidad exacta para simular las condiciones en la superficie de nuestro planeta. Pero, claro, a medida que te ibas acercando al centro del anillo, era como si te fueses convirtiendo poco a poco en un globo. El suelo cada vez tenía menos fuerza para mantenerte atrapado. Cada paso era un salto más alto y cada vez tardabas más en volver a caer, hasta que llegabas al «gimnasio», que ocupaba el centro del anillo y que estaba permanentemente en gravedad cero, donde, literalmente, volabas. El problema es que volar en un espacio poco más grande que un cuarto de baño supone que te pasas la mayor parte del tiempo dándote golpes contra las paredes.

Aun así, algunos de los mejores momentos del viaje los pasamos allí, en el gimnasio. Había un equipo de pistolas de agua para jugar al flotagón. En Marte es caro de practicar, porque tienes que pagar un gimnasio en gravedad cero y eso cuesta una pasta, pero en la nave lo teníamos gratis para nosotros a cualquier hora... Yo nunca había jugado antes y se me daba fatal. Cuando disparaba el agua azul de la pistola, me quedaba fascinado mirando la burbuja flotante que se formaba, pero antes de que me diera cuenta mi hermana Sol disparaba a mi burbuja con su agua teñida de rojo y la burbuja morada que se formaba era un punto para ella. Para atacar sus burbujas, rojas, yo tenía que disparar con agua amarilla. Si hubiese ganado alguna vez, habría convertido sus burbujas rojas en naranjas. Creo que nunca llegó a pasar.

Otra cosa muy divertida era jugar en el gimnasio con el reloj de arena magnética que el abuelo le regaló a papá antes de su transición o con sus palos de *extreme* golf. Mi padre había preparado su equipaje personal una noche justo después de desconectarse de Pansophos y debía de estar particularmente atontado ese día, porque metió cada cosa... Cuando se puso a deshacer la mochila en el camarote, mi madre se llevaba las manos a la cabeza.

—Duncan. Tenías veintisiete kilos marcianos exactos de margen para tu mochila, ¿y en qué los has gastado? No me puedo creer que hayas traído el reloj de arena.

—Pero si sabes que es un recuerdo de tu padre y que siempre lo llevo conmigo —protestó él—. Y, además, es muy práctico, siempre funciona a la perfección.

—En Marte, Duncan. Es arena magnética. —Mi madre señaló el montoncito de polvo plateado dentro de la estructura de aluminio y cristal—. Sabes lo que pasará cuando lleguemos a la Tierra, ¿verdad? La arena se quedará apelotonada en el fondo y no habrá forma de separar los granos. El reloj no servirá para nada.

Mi padre se quedó pensando.

—Bueno. Puede que no. Pero, en el gimnasio, la arena formará volutas preciosas y formas extrañas. Por eso lo he traído —dijo, muy digno.

Sol y yo nos aprovechábamos de aquella excusa tan absurda para llevarnos el reloj de arena al gimnasio cada vez que podíamos. La verdad es que la arena magnética formaba patrones caprichosos dentro de su prisión de cristal y nos encantaba observarlos. Lo hicimos varias veces, hasta que papá se dio cuenta y nos prohibió terminantemente que se lo cogiésemos. Normalmente es muy tranquilo, pero con lo del reloj se enfadó tanto que Sol y yo nos mirábamos como si hubiese perdido el juicio.

—Pero, papá, solo es un reloj —se atrevió a protestar mi hermana.

—Lo hizo tu abuelo con sus propias manos. Le dedicó buena parte de su vida. Lo que para ti es un reloj sin más, para él era una promesa, una misión, un puente entre el pasado y el futuro... Este fino istmo de cristal que une las dos partes, ¿lo veis? Esto no es solo cristal. Es un punto de inflexión, un antes y un después.

Lo malo de ser un filósofo es que a veces dices cosas que puede que tengan algún sentido para ti, pero que a los demás les suenan a simples chifladuras. En casos así, Sol y yo intentamos no discutir con papá. Lo dejamos por imposible.

Mi padre tampoco había olvidado meter en su mochila cosas tan útiles en la Tierra como un parapolvo y un inflador de frutas. Según él, no podía vivir sin ellos.

—Duncan, eres un sabio —le reprochó mi madre con cara de enfado—. Aunque estés desconectado, no puedes haber olvidado que en la Tierra no hay tormentas de polvo. Allí lo que cae del cielo a veces es agua, y los campos electrostáticos de ese trasto no evitarán que te mojes.

—Eso lo dices tú —replicó mi padre, terco—. Ya veremos. Y digo yo que una fruta siempre estará mejor si la inflas un poco, en Marte o en la Tierra.

—Las frutas de la Tierra son naturales y no se inflan, papá —dijo Sol, casi con pena.

—Y tus bolas de golf...

—En la Tierra también se juega al golf. Se juega desde tiempos inmemoriales —dijo mi padre—. Eso no irás a negármelo...

—Pero NO con pelotas de plomo. ¿No te das cuenta de que allí todo pesa tres veces más? No podrás ni moverlas.

—Yo creo que sí.

Una de las reglas de funcionamiento de la red mixta Pansophos es que nunca reconoce sus errores, y mi padre mantenía ese principio también cuando estaba desconectado.

Las primeras jornadas del viaje fueron bastante tranquilas. En el módulo vivienda, las luces se apagaban y se encendían al ritmo de los días marcianos, para que nuestras horas de sueño no se alteraran. El anillo giraba cada día un poco más deprisa, lo que suponía que poco a poco íbamos aumentando de peso con el fin de ir adaptándonos a la alta gravedad terrestre, pero era tan gradual que al principio no te dabas cuenta.

Aunque todos los dispositivos de navegación estaban automatizados, los cuatro nos turnábamos en la cabina de mandos para vigilar el mirador y asegurarnos de que las cosas iban según lo previsto. En principio, no tendríamos por qué haber activado los mandos manuales en ningún momento. La Terra Rustica había hecho aquel trayecto entre Marte y la Tierra cientos de veces, y nunca había sufrido un accidente. Además, había sido cuidadosamente revisada antes del viaje. ¡Nada tenía por qué fallar!

Yo me tomaba mis turnos de vigilancia con bastante tranquilidad. Normalmente me llevaba un narrador de bolsillo y entre los dos nos inventábamos historias que el trasto utilizaba para generar cómics interactivos chulísimos. Es una de las cosas que más me entretienen, charlar con mi narrador de bolsillo e inventar historias con él. Tenemos gustos parecidos, hemos «crecido» juntos.

Una noche (digo que era de noche porque en el módulo vivienda ya se habían apagado las luces y todos dormían) yo estaba muy entretenido dándole instrucciones a mi narrador para que hiciese más graciosa a la heroína de un viaje al Polo Sur que me había inventado. De vez en cuando echaba una ojeada al panel transparente del mirador, que retransmitía una visión del espacio por el que navegábamos. Una de las veces vi un punto luminoso en el visor. No le di importancia.

Cuando volví a levantar la vista y el punto de luz se había convertido en una pelotita plateada, me empecé a preocupar. Me quedé observando y la pelotita se fue haciendo más y más grande ante mis ojos. No era redonda, sino alargada. Venía contra nosotros. Y ya tenía el tamaño de una zapatilla...

Pulsé el botón de alarma y me puse a gritar.

—¡Objeto no identificado viene a toda velocidad contra Terra Rustica! ¡Mamá! ¡Papá! ¿Qué hago?

Las luces de la cabina parpadearon. Sentí que me lanzaban contra la pared de la izquierda como si yo mismo fuese una de las pelotas de golf de mi padre y me di un golpe tan brutal que perdí el conocimiento.

4

—¿Qué ha pasado? —pregunté mientras me palpaba el chichón de la frente.

Estaba en mi litera del módulo vivienda, y mi madre, mi padre y Sol me observaban con preocupación. Intenté incorporarme, pero un latigazo de dolor me obligó a cerrar los ojos. Era como si me hubiesen golpeado con un martillo en la cabeza.

—Ha pasado lo imposible, eso es lo que ha pasado —contestó mi madre furiosa, creo que ni ella misma sabía con quién—. La ruta se trazó con todo cuidado justamente para evitar basureros espaciales. Ese trozo de chatarra no debería haber estado ahí. Si tu padre no hubiese tenido la intuición de programar el detector automático de objetos al final de su turno, habría sido el fin de Terra Rustica... y el nuestro.

Logré deslizarme fuera de la litera y ponerme en pie. Tenía la sensación de que las paredes oscilaban arriba y abajo, como en un barco.

Mi padre parecía entre orgulloso y perplejo.

—¿Por qué lo hiciste? —le pregunté.

Se encogió de hombros.

—No sé. Llámalo intuición. A veces, cierta información se queda ahí, incluso cuando nos desconectamos. Pansophos sigue dentro de mí de alguna forma. La desconexión en realidad nunca es completa.

—Nos dijeron explícitamente que no activásemos el detector de objetos, que consumía mucha energía y no hacía ninguna falta. Pero ahí estaba esa cosa. ¿Por qué? Alguien quería que chocásemos con ella... No, no he dicho nada, es una tontería. Pero es que no me lo explico.

—Es imposible trazar las trayectorias de todos los fragmentos de basura espacial que flotan en el sistema solar, Eliana —razonó mi padre—. La ruta es segura, pero hemos tenido mala suerte. De todas formas, lo hemos solventado, que es lo importante, ¿no?

—Sí... Acelerando los motores para evitar el choque y gastando un montón de combustible —murmuró mi madre preocupada—. Espero que no suponga un problema al final del viaje. Por si acaso, tendremos que ahorrar lo más posible durante el resto de la travesía.

—¿Eso qué significa? —preguntó Sol con desconfianza.

Mi padre y mi madre se miraron.

—Disminuir la velocidad no es viable —dijo mi padre—. No llegaríamos el día previsto y la maniobra de entrada sería más costosa energéticamente.

—Lo único que podemos hacer es bajar un poco el consumo interior de la nave —suspiró mamá—. Desconectaremos los sistemas de iluminación del módulo vivienda, todos los sistemas de entretenimiento, bajaremos la temperatura interna y..., si os atrevéis, detendremos la rotación del módulo, que consume mucho.

—Pero es lo que produce la gravedad artificial... —objetó Sol.

—Exacto. Eso significa que haremos el resto del viaje en gravedad cero. Ya tenéis bastante práctica, os pasáis media vida en el gimnasio. Haceos a la idea de que, a partir de ahora, toda Terra Rustica es un gimnasio. Y tened mucho cuidado cuando vayáis al baño. Usad las bolsas higiénicas..., ya me entendéis.

La gravedad cero tiene sus ventajas. Cuando aprendes a quedarte quieto contra la cúpula del techo pensando en tus cosas... terminas relajándote un montón. Lo que pasa es que estás allí flotando sin nada que hacer y no puedes dejar de darle vueltas a la cabeza. Sobre todo, porque a tu alrededor reina una oscuridad casi completa y hace bastante frío. Y piensas: «Estoy solo con mi familia en medio del espacio exterior. Es un viaje privado. Si algo sale mal, si perdemos la trayectoria y nos quedamos a la deriva en el espacio hasta que todos los sistemas se desconecten y morimos aquí los cuatro, en Marte aparecerá todo lo más como una noticia breve en los *feeds* de las pantallas de actualidad de las casas, que casi siempre están acopladas a la nevera». Eso es todo lo que quedará de nosotros: «Nave obsoleta con una excéntrica familia a bordo se extravía en su viaje a la Tierra». Y pasarán a otra cosa.

—Pero están nuestros amigos —decía Sol—. Si nos pasa algo, ellos lo moverán todo para que nos rescaten.

Por nada del mundo se lo habría dicho a ella, pero sospecho que Sol tiene mejores amigos que yo. A ver, en el instituto me llevo bien con todo el mundo. Con Denis quedo algunas veces en físico. Nos hemos visto por lo menos tres veces en la Galería de Cristal de Tyr y una vez salimos de las cúpulas para remar en el lago Stanley. Y con Sonia... No hemos llegado a quedar en físico, pero lo habríamos hecho de no ser por el viaje. Hablamos mucho por holoconferencia y, a veces, solo nos quedamos callados mirándonos y luego nos reímos como bobos. Nos gustamos. Por lo menos, ella a mí me gusta. Lo que pasa es que ella, además de ir al instituto, es bailarina acrobática y entrena seis horas cada día de la semana. No tiene mucho tiempo para nada más..., y eso me incluye a mí.

Así que, si lo pienso, al final estoy bastante solo. Atado a mi litera para no salir flotando hacia el techo, me ponía a pensar en Sonia y se me llenaban los ojos de lágrimas, no por ella, sino por mí, porque me imaginaba su cara un poco triste, pero no demasiado, si alguna vez veía en el *feed* de noticias mi nombre y comentaban que me había perdido en el espacio. ¿Cuánto tiempo le duraría el disgusto? ¿Cinco minutos? ¿Cinco días? Era poco. Nuestra relación había sido bastante superficial.

Navegamos diecisiete días en aquellas condiciones. El día dieciocho (quizá era por la noche, sin luz artificial ya no había forma de saber la hora) mi padre nos llamó a la cabina de mandos. Me puse las zapatillas de velcro y caminé en la oscuridad hacia la parte delantera de la nave. A través del mirador se filtraba una luz blanca que al principio tomé por artificial.

—No, no, es la luz del Sol —aclaró mi madre—. Pero mirad ahí, a la derecha. Es la Tierra. ¡El planeta Madre!

Sol y yo nos acercamos al visor y lo que vimos nos dejó sin aliento. Allí estaba. La había visto mil veces en holorreportajes, en los modelos 3D gigantes de los museos y los centros comerciales, en todo tipo de videojuegos de realidad virtual... Pero aquella era la Tierra de verdad, no un modelo, una gran esfera de color azul intenso con figuras cubiertas de verde y amarillo, y remolinos de nubes adornando toda su superficie. En la parte de abajo, un exiguo disco de hielo encima de una gran mancha marrón. La Antártida. En otros tiempos, los glaciares la recubrían por completo.

A partir de aquel momento dejé de pensar en cosas lúgubres. Estábamos llegando. No íbamos a perdernos en el espacio. Faltaban unos pocos días para pisar el suelo de la Tierra. Ya empezábamos a sentir el tirón de su gravedad. Y hora a hora se volvía más intenso.

Cuando nos despertamos a la «mañana» siguiente, mamá nos llamó desde la cabina por los intercomunicadores.

—Poneos las escafandras y los trajes de protección —dijo su voz, algo distorsionada, a través del micrófono que había encima de la litera—. Y luego venid a la cabina y ataos los cinturones. Todo va bien, entraremos en la atmósfera terrestre en el ángulo previsto y con la velocidad justa, pero, por si acaso, hay que tomar precauciones.

Al entrar en la cabina, me sorprendió aquella luz dorada que lo bañaba todo. ¡El Sol visto desde la Tierra no parecía la misma estrella distante y amable que iluminaba nuestros días en Marte! Mi hermana y yo nos sentamos en nuestros asientos y nos ajustamos los cinturones de seguridad. Al entrar en la atmósfera terrestre, estalló en nuestros oídos un zumbido ensordecedor. El motor comenzó a decelerar y debieron de desplegarse las velas de freno, porque la caída se fue haciendo más lenta. Por el visor se veía un disco verde que poco a poco fue revelando algunos detalles. Una cinta gris bastante recta y otra sinuosa y oscura. Una línea amarilla en el límite con la masa azul del mar. Cruzamos como centellas entre racimos de nubes. Los asientos vibraron, el motor se había parado y un rugido parecido al de los túneles de viento llenaba el ambiente. Me di cuenta de que estaba sudando, hacía muchísimo calor...

El golpe contra el suelo al aterrizar fue mucho más suave de lo que yo me había imaginado. Un instante después, nos asaltó el sonido más salvaje y agudo que he oído en mi vida. Sol y yo nos tapamos los oídos: era insoportable.

Mamá sonreía tras el cristal de su escafandra. Oí su voz en el intercomunicador del traje.

—Tenemos que acostumbrarnos. Los sonidos en la Tierra son mucho más intensos: al ser más densa la atmósfera se propagan mucho más...

—¿Es un elefante? —preguntó Sol.

—No, hija. Son sirenas de los vehículos de emergencia. Vienen a buscarnos.

—Nos esperaban, ¿no?

No se me había ocurrido hacer la pregunta hasta ese momento, pero era importante.

Mamá asintió.

—Todo está preparado, no os preocupéis. ¿Os acordáis de Zonder, el viejo Zonder?

—¿El cíborg que fue becario de papá? —pregunté.

Había vivido en nuestra casa cuando yo tenía dos años marcianos.

—Pansophos lo envió hace seis meses para prepararlo todo —explicó mi padre—. Él no quería venir, el pobre. Pero era la mejor opción para explorar un poco el terreno antes del viaje. Mi mejor alumno... Espero que se encuentre bien.

—Nos espera a pie de pista, Duncan —observó mamá—, así que dentro de un momento lo sabremos.

5

¿Alguna vez os ha pillado una tormenta de arena fuera de las cúpulas? A mí sí, un par de veces. Las nubes de polvo te zarandean de un lado a otro y, cuando intentas caminar, tropiezas con tus propios pies, como si no fueran tuyos...

Bueno, algo así fue lo que experimentamos en el viejo vehículo que nos trasladó desde la plataforma de aterrizaje en Kourou hasta el centro de adaptación Prometeo en la ciudad terrestre de Cayena.

Zonder nos explicó que allí lo llamaban *autobús* y que funcionaba con un motor eléctrico. El problema, según él, era la carretera. No había materiales para sustituir el viejo asfalto de la era preecológica, y estaba llena de baches.

Zonder parecía contentísimo de tenernos allí. No había cambiado nada desde los años en que vivió como interno en nuestra casa. El pelo lustroso y rubio, la mandíbula poderosa, como de artista de cine, su cuerpo musculado y perfecto... Es la ventaja de ser un cíborg, nada depende del azar de la biología, porque te han diseñado para la perfección.

Por fuera se le podría haber tomado por un humano normal, ya que toda su parte electrónica se encontraba inserta en sus músculos, sus pulmones, su corazón y su cerebro.

Se había sentado con mamá en los asientos delanteros de aquel trasto metálico en el que viajábamos. Sol y yo íbamos justo detrás de ellos, y papá ocupaba un asiento al otro lado del pasillo. El resto iban vacíos, y el conductor era un robot antiguo de esos que se ven en las películas, que ni hablan ni interactúan ni nada.

Zonder se volvía a cada rato a contarnos algo.

—Os va a encantar —decía—. Es verdad que al principio cuesta adaptarse a la gravedad, pero luego te acostumbras. Tomáoslo con calma; si os duele la cabeza, acostaos y esperad a que se os pase. El centro Prometeo es bastante cómodo, teniendo en cuenta que estamos en la Tierra. Allí tendréis tiempo de ir adaptándoos poco a poco a la comida, a la luz, a los olores... No es tan duro, ya veréis.

La carretera discurría por el medio de una llanura muy verde. Por lo visto, eran cultivos. En Marte no tenemos plantas de ese color. Todos los vegetales marcianos han sido diseñados genéticamente para aprovechar al máximo la luz solar que les llega, y suelen tener hojas rojizas, marrones, moradas y negras. Todos estudiamos desde pequeños que los vegetales terrestres son verdes, pero una cosa es verlo en imágenes y otra bañarse en ese verdor... Es como estar dentro de un mundo de fantasía épica.

Cuando el cuerpo se me acostumbró a los bamboleos en alta gravedad del autobús, me di cuenta de que estaba muy cansado y cerré los ojos, pero no llegué a quedarme dormido. Delante de mí, oía la conversación entre Zonder y mi madre.

—Es sorprendente —decía Zonder—. Todos los parámetros que he analizado dan valores mucho mejores de lo que indican los informes oficiales. La Tierra está dejando de ser la cloaca del sistema solar. Por lo menos, es lo que parece. No tengo ni idea de por qué, pero es lo que está pasando.

—¿Procesos naturales? —preguntó mamá.

—Es posible. ¿Qué otra cosa podría ser si no? Aquí no tienen tecnologías climáticas de última generación ni capacidad para desarrollarlas. La gente se limita a sobrevivir. Es terrible y apasionante a la vez. No sé cómo lo hacen, pero, a pesar de lo duro que es tener que ingeniárselas cada día para conseguir comida, la gente sonríe, parece tranquila, contenta. Tienen hijos, incluso los más pobres...

—¿De qué viven? —preguntó Sol.

Abrí los ojos. Zonder se había vuelto a mirarnos.

—Pues... de la agricultura, de la pesca... De lo que da la Tierra.

—¿Comen seres vivos cogidos de la naturaleza? —Sol parecía escandalizada.

—Bueno, los cultivan para eso. Es brutal, pero así es como vivieron siempre vuestros antepasados. Y aquí no hay fábricas de tejidos comestibles como en Marte, no pueden permitirse ese gasto de energía. Es una vida primitiva, pero la gente no ha conocido otra cosa. Están acostumbrados.

—¿Y nosotros también vamos a tener que comer esas cosas?

Zonder sonrió.

—Venga, Sol, hay que abrirse a nuevas experiencias. De todas formas, en el centro Prometeo hay comida marciana. La adaptación será gradual. Vamos a entrar en la ciudad de Cayena. Hay que atravesar el mercado antes de tomar el desvío al centro. Mirad, os va a gustar.

Sol se pasó al asiento de atrás para ponerse junto a la ventanilla y pegamos nuestras narices a los cristales. Aquello era como estar dentro de un cuento antiguo. Había edificios bajos de colores tan brillantes como nunca habíamos visto en Marte. Algunos tenían columnas y elegantes barandillas de piedra, pero la pintura estaba desconchada en sus paredes. No parecía que los cuidasen mucho...

Claro que lo más interesante estaba en la calle. Había muchísima gente y los vehículos circulaban como podían entre la multitud. La mayoría eran de dos ruedas, fabricados con metales oxidados, y hacían un ruido ensordecedor.

—Motos —explicó Zonder—. No es fácil manejarlas si estás acostumbrado a la gravedad marciana. No os lo aconsejo.

Hacía muchísimo calor, un calor pegajoso que yo no había sentido nunca, ni siquiera al salir de la piscina en clase de natación. La luz arrancaba destellos de las ropas de la gente. Había toda clase de colores de piel y de pelo, y vestimentas de lo más variopintas. Vi a unas cuantas personas con cestos de fruta en equilibrio sobre sus cabezas. Otras llevaban cántaros de arcilla.

Tardamos una media hora marciana en cruzar el mercado (que viene a ser un poco más larga que la media hora terrestre). No había manera de avanzar, todo estaba lleno de puestos cubiertos por telas de colores donde se vendían flores, frutas, telas, recipientes extraños, ¡incluso animales vivos! Sol señaló muy excitada a unas gallinas en una jaula.

—¡Mirad! ¡Pobrecitas! Son como las de los videojuegos... ¡Y mirad eso! ¡Son huevos!

En Marte no tenemos animales más que en algunos zoos y centros de investigación. Por supuesto, no nos los comemos. Se fabrican huevos sintéticos, pero no tienen cáscara ni forma de huevo real. Los huevos de gallina auténticos solo los conocíamos por las pantallas interactivas.

—¿Y la gente se los come? —preguntó Sol—. Qué asco. Si salen del culo de las gallinas... Los lavarán por lo menos.

—Técnicamente, las gallinas no tienen culo, sino cloaca —explicó Zonder—. Y, además, la gente no se come los huevos así como los ves. Les quitan la cáscara y, la mayor parte de las veces, los cocinan. Yo los he probado, están bastante buenos.

Mi madre lo miró sorprendida.

—¡Zonder! No quiero ser grosera, pero estás programado para no asumir riesgos...

La sonrisa de Zonder se volvió extrañamente rígida, inexpresiva.

—Solo estaba haciendo mi trabajo. Comprobar las condiciones. Evaluar los peligros —afirmó en un tono impersonal que no había utilizado hasta entonces—. Puedo afirmar que los huevos debidamente cocinados son seguros para un aparato digestivo marciano. No recomiendo consumirlos crudos, las bacterias terrestres podrían provocar problemas, a pesar de todas las vacunas.

Por fin conseguimos dejar atrás el mercado y enfilamos una avenida de árboles que conducía a un edificio blanco en forma de cubo.

—El centro Prometeo —anunció Zonder—. Final del viaje.

Al bajar del vehículo, me olvidé de que pesaba tres veces más de lo normal en Marte y traté de dirigirme como si tal cosa hacia la puerta del edificio. No te acostumbras de un día para otro a caminar como si llevases puesta una armadura medieval de hierro puro... El caso es que mi pie izquierdo tropezó con el derecho, mis rodillas se doblaron y el suelo se lanzó contra mí. Al menos, eso me pareció. En gravedad terrestre, todo ocurre muy deprisa.

Zonder se apresuró a ayudarme. Me había rozado la piel de las rodillas, me estaban sangrando. En Marte nunca me había pasado una cosa así. Me asusté un poco y..., vale, lo confieso, me eché a llorar.

Desde el centro se acercaron unas personas con batas blancas y sillas de ruedas. Nos instalaron a cada uno de nosotros en una de las sillas y nos llevaron rodando hasta los ascensores. Zonder era el único que no iba en silla. Los demás nos mirábamos unos a otros entre asustados y eufóricos.

Miré de reojo a la mujer que llevaba la silla de mi padre. Tenía la piel de un negro casi azulado y una bonita sonrisa.

—¿Eres un robot? —me atreví a preguntar.

En lugar de enfadarse, la mujer soltó una risotada.

—Qué más quisiera yo. Si fuera un robot no me dolerían los riñones... No, hijo, aquí somos todos de carne y hueso.

Se abrieron las puertas del ascensor y salimos a la recepción. Mamá y Zonder se acercaron al mostrador y los demás nos quedamos en nuestras sillas de ruedas.

En el mostrador había paneles interactivos para registrarse y obtener las llaves de las habitaciones. Todo era muy antiguo, como del siglo XXI o XXII. Mamá regresó enseguida y nos entregó una tarjeta de un material extraño a cada uno. Tenían cosas escritas sobre un fondo de brillantes colores.

—¿De qué está hecha? —pregunté.

—Plástico reciclado. Del antiguo, del que se hacía con combustibles fósiles. Una pequeña joya, solo que aquí lo siguen usando y no lo valoran mucho —explicó mamá—. Ahora, cada uno a dormir a su habitación. Nos vemos en el comedor para la cena.

Ya en mi cuarto, me quité toda la ropa, me dejé caer sobre una tumbona que había en la terraza y me quedé mirando el horizonte, que estaba muy muy lejos y era casi recto. Daba vértigo pensar que estábamos en un planeta tan grande, mucho más grande que Marte. El planeta Madre, donde evolucionó nuestra especie. El planeta que nuestros antepasados se cargaron y que, según habíamos estudiado siempre en el colegio, sobrevivía convertido en un vertedero donde todavía vivían algunas personas en condiciones penosas por culpa del cambio climático...

Pero, si la vida en la Tierra era tan mala, ¿por qué la enfermera sonreía? ¿Por qué la gente en el mercado gritaba, reía y hacía bromas? ¿Por qué el cielo era de un color tan intensamente azul que hacía daño a la vista y las plantas de la llanura tan maravillosamente verdes? ¿Dónde estaban los fallos, dónde estaba el truco?

Estuve dándole vueltas a aquella pregunta hasta que los ojos se me cerraron de sueño. A pesar de la humedad y del calor, me sentía cómodo... Y en algún momento de la larga tarde tropical terminé quedándome dormido.

6

Los primeros días en Prometeo fueron muy emocionantes, y eso que no salíamos de las instalaciones del centro de adaptación. Un equipo de médicos terrícolas supervisaba a diario nuestras constantes vitales y los cambios en la flora intestinal producidos por la nueva alimentación. Eso lo hacían a media mañana, un par de horas después del desayuno. El resto del tiempo lo teníamos libre. Mi padre se conectaba a Pansophos vía satélite con ayuda de Zonder y estaba desaparecido la mayor parte del tiempo. Mamá hablaba mucho por teléfono (una forma arcaica de comunicación solo de voz, sin hologramas, que en la Tierra se sigue usando por los problemas de suministro de energía) y parecía entusiasmada con el reportaje que estaba preparando. Algunas veces, Sol y yo íbamos a su habitación solo por escucharla parlotear con sus contactos en la Tierra y hacer planes.

—Es curioso —dijo una tarde después de terminar una de aquellas rondas de llamadas—. Solo me dieron dos nombres en mi agencia: un par de personas para organizar el reportaje. Pero, tirando del hilo, ahora mismo tengo como cincuenta personas a las que entrevistar. Hay un poco de todo: líderes locales, trabajadores sociales, médicas, científicas, ingenieros de minas y de bosques, portavoces de movimientos ecológicos... Se supone que todos deberían tener visiones un poco diferentes de lo que está pasando en la Tierra, ¿no? Pues lo raro es que no —añadió, contestándose a sí misma—. Todos me dicen lo mismo. O, más bien, lo intentan, porque caen en contradicciones en cuanto abren la boca.

—¿Y qué es lo que te dicen? —quise saber.

—Oh..., lo de siempre. Que la Tierra es un lugar casi inhabitable e hipercontaminado, que las cosas no hacen más que empeorar, que no hay ninguna esperanza... Pero no es eso lo que yo veo.

—Mamá, estamos en un centro de adaptación —le recordó Sol—. Aquí todo es artificial. Si saliésemos ahí fuera, si fuésemos a la ciudad que vimos el primer día..., seguramente no dirías lo mismo.

—Bueno, puede ser. Pero os fijasteis, ¿verdad? Nadie llevaba mascarilla. Y parecían sanos. Aquí en el centro tampoco. He encargado mediciones independientes de la calidad del aire. No había manera de conseguirlas, al final me ha tenido que ayudar Zonder. ¿Y sabéis qué? Es un aire bastante puro. El porcentaje de dióxido de carbono y metano es superior al de Marte, pero eso es normal. No hay rastro de óxidos de nitrógeno y de azufre, de CFCs... ¿Por qué nadie quiere hablar de eso? ¿Por qué, cuando lo pregunto, dicen que será una zona de atmósfera controlada, que no puede ser verdad? ¿Por qué en Marte ni siquiera se comenta? Yo no lo entiendo. Es una buena noticia, debería publicarse a los cuatro vientos.

—A lo mejor no quieren que se sepa para que la gente no empiece a venir desde Marte en plan turístico y se vuelva a fastidiar todo —dije yo.

Lo dije por decir, pero mamá asintió como si acabase de hacer una observación muy inteligente.

—Algo de eso hay. Sin duda, algo de eso hay. No quieren que se sepa todavía, quieren mantenerlo en secreto. La cuestión es... ¿quiénes? ¿Es gente de aquí o gente de Marte? Yo tengo la sensación de que es la gente de aquí. No quieren que la República Marciana empiece a meter las narices en sus asuntos.

—Pues, si es así, no me extraña —dije yo—. Marte los abandonó a su suerte. No les dejan emigrar allí, no les dejan usar nuestras tecnologías, ni siquiera comunicarse con nosotros, a no ser casos excepcionales, como papá ahora. Tienen motivos para estar un poco rebotados, ¿no?

Mamá no parecía tan convencida.

—A ver... Es una cuestión de supervivencia de la especie. Los que se quedaron lo hicieron porque pasaban de empezar de nuevo, les daba igual el efecto invernadero, la contaminación, la pérdida de biodiversidad... Eran depredadores. Mejor minimizar los daños. Que su forma de vida no se extienda a las colonias. Tienen lo que han provocado ellos..., lo que se merecen.

A través de los ventanales de la habitación se veía un cielo de un azul imposible con cúmulos de nubes tan compactas que parecían piedras, y abajo la hierba de color esmeralda y las copas lánguidas de las palmeras... El viento se enredaba en sus hojas arrancándoles largos susurros y extraños crujidos. Mamá y Sol también se quedaron mirando.

—Pues, si lo que se merecen es esto..., es que se han portado muy bien —dijo Sol.

—No seáis infantiles. —Mamá parecía irritada—. Es el planeta Madre, claro que nos resulta bonito. Nuestros antepasados evolucionaron aquí durante millones de años para adaptarse a este lugar y apreciar su belleza. Pero sería más bello todavía si esta gente lo cuidase.

—Hablas como si todo fuese responsabilidad de los terrícolas actuales —dije—. Pero, cuando nuestros antepasados emigraron a Marte en el siglo XXIII, la Tierra era ya un vertedero sin futuro. La gente que vive en la Tierra ahora es tan culpable de la catástrofe climática como nosotros.

—Si hubiesen sido más dialogantes, si hubiesen aceptado la autoridad del gobierno marciano, ahora mismo podrían estar utilizando todas nuestras tecnologías de terraformación para arreglar su planeta. Pero no quisieron. Votaron «ser libres», como ellos dicen. Eligieron desconectarse de nosotros. Tienen suerte de no estar peor de lo que están.

—Parece que te alegras de sus problemas y te preocupa que no vayan tan mal como creías —le espeté—. Es un poco cruel, ¿no?

—No digas bobadas. Si los terrícolas consiguen mejorar su situación, me alegraré por ellos. Pero no me pidas que me caigan simpáticos. Mi madre murió aquí, ¿recuerdas? Murió por intentar ayudarlos. Y a ella nadie la ayudó. Le dejaron enfrentarse sola a los taladores furtivos y la mataron. No pretenderéis que perdone eso.

Sol y yo nos quedamos callados. Era la primera vez que mi madre contaba con claridad lo que le había pasado a la abuela Rebeca. Normal que tuviese aquel rencor contra los terrícolas... Estaba claro que, para ella, hacer aquel reportaje era una manera de enfrentarse a su trauma y saldar viejas cuentas.

La mayor parte del tiempo, Sol y yo no teníamos nada que hacer. Nos pasábamos horas pululando por las distintas dependencias del complejo Prometeo. Las salas comunes tenían techos altos con ventiladores dorados que no conseguían refrigerar el aire ardiente y cargado de humedad, y galerías de cristal que daban a los jardines llenos de flores y palmeras.

Aunque nos permitían salir, la verdad es que nos daba miedo. Yo lo había intentado al atardecer del segundo día. Aparte de la sensación de que llevaba una mochila llena de plomo a la espalda por la alta gravedad, me sentí bastante bien. La luz a aquella hora se parecía más a la de Marte y no dañaba la vista. Seguía haciendo mucho calor, pero mi organismo poco a poco se iba acostumbrando.

Iba directo a unos sillones bajo las palmeras cuando algo pasó zumbando a toda velocidad junto a mí. Al principio creí que era un dron, pero no. La cosa voladora se posó en el borde de una enorme flor rosa que parecía un dibujo de resina en 3D y entonces me di cuenta de que era un pájaro. ¡Un pájaro vivo! Pequeñísimo, pero un pájaro... Como no tenía las conexiones normales a las redes de datos, tardé unos minutos en recordar el nombre. Colibrí. Salía en los libros, en algunos videojuegos. En Marte había modelos robóticos en los zoos, pero aquel estaba vivo de verdad.

Lo observé fascinado mientras hundía su largo pico en el corazón de la flor. Se alimentaban de algo que había allí dentro. No recordaba el nombre...

Estaba tan abstraído mirando al colibrí que, al principio, no presté mucha atención a aquel cosquilleo que me subía por la pierna. La ropa terrestre era ridículamente ligera, pero con aquel calor y la humedad nuestros tejidos inteligentes se habrían estropeado enseguida. Pensé que lo que me hacía cosquillas era algún hilo suelto del pantalón de lino. Pero no, porque trepaba...

Levanté el pie del suelo, me incliné para meter la mano entre la tela y la pierna, y la subí hasta agarrar algo peludo con muchas patas. Lo lancé tan lejos como pude sin dejar de chillar. ¡Era una araña!

Después de aquello, se me quitaron las ganas de salir al jardín. Pasaba la mayor parte del tiempo en la cafetería del complejo, donde siempre había gente charlando, jugando al Astromatón o tomándose algo.

Los únicos habitantes del complejo en aquellos días, aparte de nosotros, eran una pareja de científicos jubilados de una colonia lunar que estaban celebrando sus bodas de oro como pareja, un comercial de *souvenirs* marcianos que se hacía llamar Garbo, una familia muy ruidosa y alegre de mineros del cinturón de asteroides y una artista llamada Duna que pasaba su tiempo entre Ganímedes y Europa, y había ido a la Tierra a recolectar pigmentos naturales para sus murales flotantes, que por lo visto en el sistema lunar jupiterino tienen mucha aceptación.

Los científicos lunares eran gente muy amable, pero un poco aburrida, y Duna casi nunca nos dirigía la palabra. Garbo nos enseñó una vez su muestrario a Sol y a mí para preguntarnos nuestra opinión. Era un pequeño maletín con muestras de canicas de hematita marciana, frascos de cristal con polvo de regolito, anillos con piedras de hielo de Marte (tenían su pequeño refrigerante para que no se fundieran ni siquiera en las condiciones extremas de la Tierra), banderitas con bordados holográficos del Monte Olympus...

Debimos de demostrar tan poco entusiasmo que el tipo se picó con nosotros.

—Esto es, por así decirlo, el muestrario oficial, pero ya os podéis imaginar que también llevo el catálogo b, que es el interesante de verdad. No debería hablar de esto, no se lo contéis a vuestros padres, ¿eh? Las normas de comercio interplanetario son estúpidas y los que las cumplen más estúpidos todavía. Pero esto no lo comentéis... En la Tierra no quieren polvo de Marte ni pedruscos, de eso ya tienen suficiente por aquí. No. Lo que causa furor son nuestros extractos de plantas, la madera luminiscente del árbol de la noche, los melocotones de plata del Lunarum, las semillas de la flutara y la enredadera de cristal...

—Pero no puedes introducir seres vivos marcianos aquí —dijo Sol horrorizada—. Podrías provocar contaminación genética. No solo está prohibido, es que es peligrosísimo...

—¿Y quién ha dicho que yo haga eso? —contestó Garbo reculando de inmediato—. He dicho que es lo que quieren, no que yo se los dé. Algunas réplicas sí, pero las tengo en el catálogo b. Otro día os lo enseño.

No llegó a enseñárnoslo, por supuesto, y a partir de aquella tarde parecía tener mucha prisa cada vez que nos cruzábamos con él.

Así que al final terminábamos juntándonos siempre con la familia de mineros. Se apellidaban Hudson y eran un matrimonio con sus tres hijos adolescentes. Los padres habían nacido en Marte, pero los trasladaron a las minas del cinturón de asteroides cuando solo eran unos niños. Vivían en Ceres, aunque habían trabajado en otros muchos asteroides: Lutetia 21, Sylvia 87, Kleopatra 216...

La suerte les había sonreído en el pequeño Psiqué 17, un cuerpo que, según nos contaron, es el núcleo de un antiguo protoplaneta. Fue allí donde su anticuada flota de robots encontró toda una formación de oro. De la noche a la mañana (si es que tiene sentido hablar de noches y mañanas en el cinturón de asteroides), se habían hecho ricos. Y allí estaban, en la Tierra, dispuestos a disfrutar de las mejores vacaciones de su vida.

Una tarde, cuando estábamos jugando una partida de Astromatón con ellos, mamá vino a decirnos que salía.

—Viene un coche a recogerme —anunció—. Ya es hora de empezar a hacer entrevistas sobre el terreno. Estaré en Cayena, no voy a alejarme mucho esta vez.

—¿Y no podemos acompañarte? —preguntó Sol.

Mamá sonrió con aire culpable.

—Otro día. Hoy es solo trabajo, pero, si veo que la ciudad es segura, a lo mejor la próxima vez os llevo.

—No os va a gustar nada —aseguró Marlene, la hija mayor de los Hudson—. Los olores son como bofetadas, te ponen el estómago mal. Y la gente se te acerca, te empuja... No se dan cuenta de que nosotros perdemos el equilibrio enseguida. Además, hay mucho ruido. Y comen cosas asquerosas.

Mamá nos dijo adiós desde la puerta de cristal de la cafetería. Se suponía que llegaría a tiempo para cenar con papá y con nosotros al anochecer.

Y a lo mejor llegó. No lo sabemos. Porque, para entonces, Sol y yo ya habíamos abandonado Prometeo, y nunca regresaríamos allí.

7

La partida de Astromatón con los Hudson se me estaba haciendo larguísima, y además no paraba de perder. Los Hudson se sabían de memoria el peso y la composición de todos los cuerpos del sistema solar, hasta los más pequeños, y disfrutaban como críos cada vez que añadían una porción triangular al pastel dorado que se usa en ese juego como ficha. Los Hudson se hacían bromas entre ellos que nosotros no entendíamos. A Sol se le escapó un bostezo tan largo que me costó reprimir la risa.

Miré de reojo a alguien que entraba desde el jardín por la puerta cristalera de la cafetería. Era una chica a la que no había visto antes. Intenté concentrarme de nuevo en el tablero, porque me tocaba jugar..., pero la chica vino directamente hacia nuestra mesa.

—¿Ray, eres tú? —preguntó mirándome, y luego se giró hacia mi hermana—. Y tú debes de ser Sol. Acompañadme, Eliana me ha dicho que queríais ver el mercado de Cayena. Os llevaré con ella.

Me sentí tan aliviado de poder dejar la partida a medias que no hice preguntas. Y a Sol le pasó lo mismo. Nos despedimos de los Hudson y seguimos a la chica hacia el exterior. Todavía faltaba un rato para que oscureciera.

En el camino de gravilla que conducía al aparcamiento, la muchacha se detuvo y se volvió a mirarnos. Tenía la piel de color tostado, los labios gruesos y grandes ojos verdes. Era bastante más baja que yo, incluso Sol la superaba en altura. En Marte nunca había visto a nadie con una combinación de rasgos parecida. Era como ver mezcladas en una sola cara las distintas épocas de la historia del arte terrestre que estudiábamos en clase: los ojos almendrados de la reina egipcia Nefertiti, la expresión dulce y algo distante de la Venus de Botticelli, el cabello color miel de una mujer pintada por Renoir, la piel y los labios de los montajes fotográficos de Lorna Simpson... El resultado era una cara que no podías dejar de mirar. Al menos, es lo que me pasó a mí desde la primera vez que nuestros ojos se cruzaron.

—Me llamo Iva —se presentó—. Sabía que los marcianos eran altos, pero no tanto... Yo soy alta para la Tierra, mido 1,75. ¿Cuánto mides tú, Ray?

—1,90. En Marte es lo normal para un chico de ocho años.

Iva abrió mucho los ojos.

—¿Ocho años? ¡Pero si eres un crío! Pobrecito. ¿Y tú, pequeña? —añadió mirando a Sol.

—No soy tan pequeña. Tengo casi cinco años marcianos, lo que equivale a casi once años terrestres, y mi hermano tiene más de quince años terrestres. No dais mucha geografía planetaria por aquí, ¿verdad?

Iva se rio de su propia equivocación.

—Nunca he ido al colegio —contestó sin ofenderse—. De pequeña estaba demasiado ocupada recogiendo residuos tóxicos en las ruinas de Miami. Bueno, vamos, se está haciendo tarde y la Warakusi nos está esperando. Warakusi significa «pluma de la felicidad» en quechua. Eso me han dicho. Subid al coche...

Era un vehículo terrestre con neumáticos en las ruedas y una carrocería metálica casi completamente cubierta por pegatinas de distintas colonias del sistema solar.

Sol se metió en la parte de atrás y yo ocupé el asiento del copiloto. Por lo visto, aquel trasto no se pilotaba solo. Había que conducirlo mediante un volante que iba a manejar la propia Iva.

—Colecciono pegatinas de esas, aunque nunca he salido de la Tierra —nos informó mientras metía un objeto metálico con muescas en un pequeño orificio a la izquierda del volante—. A lo mejor vosotros me podéis regalar alguna.

El motor rugió de un modo raro y empezamos a rodar por la vieja carretera. La sensación de velocidad a bordo de aquel pedazo de chatarra resultaba inquietante. Las sucias ventanillas de cristal estaban bajadas hasta la mitad y el denso aire terrestre nos azotaba la cara. De vez en cuando, me olvidaba de los traqueteos y del paisaje, y me quedaba mirando embobado el perfil delicado y magnético de Iva.

—¿Dónde nos espera mamá? —preguntó Sol.

Iva canturreaba distraída. Se interrumpió para contestar a mi hermana.

—Pues... En la base, claro. Ha tenido que salir en otra avioneta anterior, pero no quería que os lo perdierais. Me dijo que me encargara de vosotros.

—Espera... ¿Pero no estaba en la plaza del mercado? —pregunté.

Iva mantenía la vista fija en la carretera gris.

—En el mercado es donde nos conocimos —se corrigió—. Pero ella tenía que salir, por eso vine yo a buscaros.

Nada de aquello tenía mucho sentido, pero estábamos en la Tierra, un planeta diferente, un lugar primitivo donde nada era como nos lo habíamos imaginado. Así que me convencí a mí mismo de que no había por qué desconfiar y dejé de hacer preguntas. No quería parecer infantil.

En algún momento tomamos un desvío a la derecha. El camino no estaba asfaltado, era de tierra. El coche botaba y se balanceaba de un lado a otro, pero Iva no parecía dispuesta a aminorar la velocidad. Por lo visto, tenía prisa.

Un cuarto de hora después de entrar en el desvío, llegamos a una explanada cubierta de cemento. Al fondo, en el extremo de la derecha, había una avioneta antigua. Parecía sacada de un museo.

Iva paró el vehículo y nos apeamos. Señaló al trasto volador.

—¿La veis? Warakusi, la pluma de la felicidad. Una joya tecnológica, ¡y es mía! Vamos, arriba, estáis invitados.

Sol y yo la seguimos hasta la mitad de la explanada. Allí, Sol se detuvo.

—No pienso seguir —anunció—. Esto es muy raro. ¿Dónde está mamá?

Iva se volvió y la miró impaciente.

—En Yarapa. Tenemos que ir en la avioneta. Vamos, Sol, no tienes cuatro años terrestres, me lo has dicho antes, ¿verdad? No empieces a lloriquear ahora.

—No lloriqueo —dijo mi hermana con firmeza—. Es solo que no pienso ir.

La reacción de Sol me hizo empezar a ver claro lo que estaba ocurriendo.

—Yo tampoco —afirmé—. Llévanos otra vez al centro Prometeo.

Iva nos miró con una sonrisa de lástima.

—Me temo que eso no es posible.

Se había sacado de la espalda un arma de fuego antigua de esas que se ven a veces en los *shooters* y otros juegos así. Creo que se llaman *revólveres*.

—He visto morir a mucha gente en mi vida. Compañeros de trabajo cuando éramos niños y revolvíamos los montones de basura tecnológica en los vertederos de Florida. Vagabundos climáticos que perdieron sus casas en alguna catástrofe y se dedican a mendigar por ahí hasta que alguien se los carga de un disparo o se mueren de hambre. La vida en la Tierra no vale mucho. A mí me han dicho que os suba a esa avioneta y os subiré, vivos o muertos. Así que no perdamos el tiempo. Arriba.

A lo mejor deberíamos habernos rebelado. Éramos dos contra una, y la verdad es que Iva no tenía aspecto de ser muy fuerte. Pero nos estaba apuntando con un arma y, aunque todo parecía un videojuego, no lo era. Sol subió la escalerilla de la avioneta delante de mí, y le temblaban tanto las piernas que temí que se cayera.

La cabina de pasajeros tenía ocho asientos. En uno de ellos había un robot de aspecto toscamente humanoide. Parecía hecho con una mezcla de metal y plásticos reciclados. Iva le lanzó el revólver y lo cogió al vuelo.

—Átalos a los asientos, Karen, y vigílalos durante todo el vuelo. Si hacen cualquier movimiento sospechoso, dispara. La primera vez al brazo derecho y, si ves que hay que volver a disparar..., a la cabeza.

Iva nos dio la espalda y se instaló en la cabina de pilotaje. Los paneles eran una curiosa mezcla de botones, palancas y manivelas. Se encendieron algunos pilotos de diferentes colores y las hélices comenzaron a rugir. Sol lloraba en silencio. Gruesos lagrimones resbalaban por sus mejillas.

—La niña está llorando —informó Karen con voz metálica e impersonal.

Casi me dieron ganas de reír. Es como hablan los robots en las películas sobre el comienzo de la era espacial. Nunca habría imaginado que existiesen todavía robots así.

—Ya se le pasará —dijo Iva a través de un micrófono, inundando la cabina con su voz—. Mirad por las ventanillas, marcianos. La Tierra es el lugar más hermoso del universo. Y vamos a sobrevolar algunos de los lugares más bellos de la Tierra. Tenéis mucha suerte.

Sentí que la aceleración me apretaba contra el asiento como si quisiera triturarme. La intensidad de las fuerzas en la Tierra no deja de asombrarme nunca. El aparato hacía un ruido ensordecedor mientras rodaba por la pista cada vez más deprisa, hasta que, en un momento dado, se levantó del suelo.

En Marte estamos acostumbrados a volar. Tenemos aerodeslizadores, motos y patinetes de aire, mochilas propulsoras, catapultas urbanas para el transporte colectivo... Pero volar en la Tierra es otra historia. Todo el rato tienes la sensación de que te mantienes flotando por una especie de milagro, porque la gravedad no deja de tirar de ti hacia abajo, lo que significa que en cualquier momento puedes caerte. Y más si vuelas a bordo de un artefacto medio analógico que puede tener tranquilamente cinco siglos, aunque esté bien conservado... Al menos, las alas disponían de paneles solares. Solo esperaba que no funcionase con un motor de explosión, como en los tiempos del queroseno y la gasolina.

Intenté distraerme mirando por la ventanilla e ignorar a Karen, que se mantenía en pie frente a nosotros con una mirada inexpresiva y el arma apuntándome al brazo. La situación era entre aterradora y ridícula. Me sentía un estúpido por haberme dejado engañar tan fácilmente. Desde el primer instante me había atraído la belleza extraña de Iva, me había dedicado a observar fascinado el aire de libertad y seguridad que emanaba de cada uno de sus gestos, de sus movimientos, de su voz serena y grave... No me había fijado en nada más. Ni siquiera se me había pasado por la cabeza que alguien así pudiese tener malas intenciones. Y ahora, por culpa de mi ingenuidad, Sol y yo éramos sus rehenes. No me lo podía creer.

Cuando Sol se cansó de llorar, lanzó una pregunta a Iva con toda su voz.

—¿Habéis matado a mamá?

La reacción de Iva me sorprendió. Dejó los mandos, se levantó y vino directamente hacia nosotros. Se arrodilló junto a Sol y le acarició el pelo.

—Claro que no, bobita. ¿Cómo puedes pensar eso? Ya sé que no hemos empezado muy bien, pero tenéis que confiar en mí. Nosotros somos los buenos.

Al decir aquello, sus ojos se clavaron en los míos. Le sostuve la mirada.

—¿Quiénes sois vosotros? ¿Karen y tú?

No pretendía que mi voz sonase mordaz, pero fue así como sonó. Iva se puso en pie y me clavó una mirada llena de hostilidad.

—No somos nosotras solas. Hay mucha más gente. Ya los conoceréis. No sé qué os han contado sobre la Tierra, pero todo es mentira. Poco a poco lo iréis descubriendo.

—¿Es verdad que mamá está en el sitio adonde nos llevas? —preguntó Sol.

Iva miró a los ojos a mi hermana.

—No, no es verdad —admitió—. Pero lo que sí es verdad es que podéis confiar en mí. Si lo hacéis, no sufriréis ningún daño y, seguramente, os volveréis a reunir con vuestra familia antes o después.

8

 El suelo se acercaba en picado a una velocidad que en Marte nos habría parecido alarmante. Estábamos aterrizando. Creí que el choque de las ruedas con la tierra reverberaría en todos mis huesos, pero fue suave. Al parecer, Iva tenía muy claro cómo manejar aquel viejo trasto volador.

El robot nos desabrochó los cinturones y, medio cegados por el sol, fuimos tanteando cada escalón para bajar a la pista de aterrizaje.

El polvo que había levantado la avioneta aún flotaba en la atmósfera, velando el paisaje que nos rodeaba. Estábamos en un círculo de tierra rodeado de árboles oscuros y altísimos, tan pegados unos a otros que formaban una muralla.

Iva bajó sola del avión. Por lo visto, el robot no iba a acompañarnos.

—Venid conmigo —dijo—. Estamos a menos de media hora a pie de Yarapa.

—¿Qué es Yarapa? —preguntó Sol.

Iva la miró.

—En quechua significa «lugar de encuentro». Hay un río con ese nombre en Perú, pero ahora mismo estamos muy lejos de él, en plena Amazonia. La Yarapa a la que vamos nosotros no aparece en ningún mapa oficial. Es..., eso, un lugar de encuentro.

—¿Y con quién hemos venido a encontrarnos? —pregunté, orgulloso del ingenio de mi pregunta.

Iva no se mostró demasiado impresionada.

—Esperaremos a mi enlace para continuar el viaje —contestó—. Espero que no tarde mucho. Vamos, seguidme. En la selva anochece pronto, y la noche despierta a los espíritus...

—¿Crees en eso? —preguntó Sol.

Iva ya estaba caminando hacia los árboles. Oímos su risa.

—Por favor... ¡Qué literales sois los marcianos!

Pensé que nos ataría o nos apuntaría de nuevo con el revólver para obligarnos a seguirla. Sin embargo, no hizo ninguna de las dos cosas. Sol y yo nos miramos. Podríamos haber intentado huir en ese momento, pero ¿adónde? No teníamos ningún dispositivo electrónico, nada que nos ayudase a orientarnos... La selva nos habría tragado y todo se habría terminado allí.

De modo que seguimos a Iva. Caminamos tras ella en silencio por una senda que, por momentos, parecía borrarse en las nudosas raíces que la atravesaban o en las marañas de lianas que colgaban de los árboles. El zumbido de los insectos nos rodeaba por todas partes, era enloquecedor. De vez en cuando, un reflejo intensamente azul atravesaba mi campo visual para posarse enseguida en alguna rama, donde se transformaba en algo marrón y muerto. Iva dijo que eran mariposas del género *Morpho.*

—A R le encantan las mariposas —añadió. Hablaba en susurros, como si temiese despertar a aquellos espíritus que antes había mencionado—. En la base tenemos un jardín solo para ellas.

Yo ahogaba un chillido cada vez que se nos cruzaba uno de aquellos bichos. Parecían tan irreales como los monstruos de un videojuego.

—Mirad bien dónde ponéis los pies —dijo Iva—. Aquí el mayor peligro son las serpientes.

Oía los pasos de Sol detrás de mí, rápidos y nerviosos, como si temiera quedarse atrás. Supongo que lo normal en una situación así habría sido sentir miedo, pero yo estaba demasiado furioso conmigo mismo como para asustarme de nada. Veía delante de mí la figura de aquella chica terrestre pequeña y delicada, liderando la marcha mientras, seguramente, se reía por dentro al pensar en lo fácilmente que nos había atrapado. Todo porque yo estaba demasiado ocupado fijándome en su perfil. No se podía ser más ingenuo y estúpido. Y lo peor era que no había sabido proteger a mi hermana pequeña. Allí estábamos los dos, a cientos de millas de nuestros padres, en manos de una especie de terrorista adolescente que pilotaba aviones, empuñaba revólveres y hablaba en nombre de una organización misteriosa. Y, todo esto, en medio de la selva amazónica, el lugar más hostil de un planeta envenenado desde hacía generaciones. Una situación inmejorable, vamos.

Poco a poco, el cansancio fue desplazando a la culpa en mis pensamientos. ¿Cuánto rato hacía que nos habíamos internado en la selva? Iva había dicho que tardaríamos media hora en llegar a Yarapa, pero me daba la sensación de que llevábamos en marcha mucho más tiempo.

Los árboles eran cada vez más altos. En algunos momentos me olvidaba de que éramos prisioneros y me quedaba embobado levantando la vista hacia sus lejanas copas. Una de las veces vi a dos pájaros de color rojo revoloteando contra el azul oscuro del cielo.

—Guacamayos —dijo Iva—. Son preciosos, ¿verdad? Tenéis suerte, estáis viendo uno de los ecosistemas mejor conservados del planeta. Yo debería haberme acostumbrado ya, pero cada vez es como la primera. Es tan bonito que me deja sin aliento.

Era bonito, sí. Lo era. Pero ni Sol ni yo queríamos estar allí.

Oímos el bullicio de Yarapa antes de vislumbrar las luces entre la maleza. Era un poblado desordenado y multicolor plantado en un claro de la jungla, una especie de cruce entre un festival de música al aire libre y un campamento de pioneros de la primera generación marciana, como los que salen en las películas.

Nuestra llegada no causó demasiado revuelo. Todo el mundo estaba a lo suyo. En el suelo, una mujer de larga melena pelirroja trenzaba fibras de plantas para hacer pulseras. Muy cerca, un par de niños jugaban con una cría de tapir y detrás había un grupo de hombres y mujeres bebiendo un líquido espumoso de color miel mientras charlaban y reían. Había tiendas hechas con mantas de colores, chozas de hojas de palmera o algo similar, cabañas de madera y todo tipo de refugios montados de cualquier manera con materiales reciclados. Algunos de aquellos refugios tenían ruedas: debían de ser viejas caravanas de los tiempos de los motores de explosión.

Los recuerdos de aquella noche se mezclan en mi mente con los de las noches siguientes. Estaba muy cansado, tanto que todo me dejó de importar. De vez en cuando le preguntaba a Sol si estaba bien. Ella, con un hilo de voz, me contestaba que sí. Yo sabía que no era verdad, pero no insistía. Al menos, nadie nos apuntaba con un arma ya.

Iva nos invitó a sentarnos cerca de un fuego donde estaban asando algún tipo de pescado que olía a podrido, o esa fue mi sensación. Alrededor había otras personas sentadas con las piernas cruzadas sobre la tierra. Charlaban, reían, parecían felices. Algunas tenían arrugas en la piel y cuerpos encorvados. Sabía que en la Tierra la gente seguía envejeciendo de modo natural, pero era la primera vez que veía ancianos. Iva intervenía de vez en cuando en la conversación, pero estaba pendiente todo el tiempo de Sol y de mí. Cuando miraba a Sol, notaba la preocupación en sus ojos. Cuando me miraba a mí, lo que revelaba su expresión era, más bien, curiosidad. Un par de veces jugué a sostenerle la mirada con dureza. Era imposible que no se sintiese culpable por la forma en que nos había engañado... No sé, supongo que esperaba que bajase la vista, avergonzada, pero, en lugar de eso, las dos veces me sonrió.

Ni Sol ni yo cenamos mucho aquella noche, eso sí lo recuerdo. Estábamos allí sentados con todos los demás como si fuese lo más normal del mundo, como si no fuésemos dos menores marcianos secuestrados, y, al otro lado del fuego, Iva continuaba vigilándonos seria, pero relajada, disfrutando de la comida y del ambiente. A mí se me empezaron a cerrar los ojos de sueño. Hacía rato que había caído la noche. Iva se levantó y nos dijo a Sol y a mí que la acompañásemos. Nos llevó a una cabaña de madera en el borde exterior del poblado y colgó unas hamacas de unos postes para nosotros. A la luz de su linterna, vi que una estaba hecha de cuerdas rojas y la otra de cuerdas blancas. Pensé que no me dormiría en aquella especie de columpio, pero nada más tumbarme me dejé mecer por el vaivén de la brisa hasta perder la conciencia y, cuando me desperté, el sol se filtraba ya a través de la puerta de la cabaña.

Sol ya estaba despierta y miraba con repugnancia un cuenco de madera lleno de algo parecido a unas gachas amarillentas. Había otro para mí. Me levanté y fui a sentarme en el suelo junto a mi hermana. No teníamos cucharas, pero el contenido del cuenco era tan pastoso que se podía llevar a la boca con los dedos. Lo probé... Sabía harinoso y demasiado dulce.

—No está mal —dije—. Cómetelo, Sol. No sabemos cuánto tiempo vamos a estar aquí...

—Me da igual. No pienso comerme esa asquerosidad.

—Sol, esto ya es lo bastante difícil. No lo empeores.

—Y tú no me trates como si fuera una niña pequeña. Mientras tú estabas ahí dormido como una cibermarmota, yo he salido a dar un paseo y ha sido muy útil.

Su temeridad me alarmó.

—¿Te ha visto Iva? ¿Adónde has ido?

—A dar una vuelta. Sí, me ha visto, pero me ha dejado en paz. Ya sabes, no tenemos adónde ir y todo eso.

—Sí. No necesita atarnos para tenernos prisioneros.

—Puede. Pero nos menosprecia. Nos toma por unos débiles que no vamos a hacer nada por escapar. Unos débiles niñitos marcianos...

—Ah..., ¿y no es lo que somos?

—No —contestó Sol en tono grave.

Del bolsillo de su mono sacó un objeto rectangular y aplastado, y me lo tendió.

—Toma. Lo he robado de una casa con ruedas que estaba vacía. Es un comunicador terrestre. Solo necesitamos cargarlo, está sin batería... Después contactaremos con papá y vendrán a buscarnos.

9

—¡Guarda eso! —le grité a Sol en susurros—. ¿Quieres que nos maten? Como se enteren de que lo has cogido...

—Aquí nadie se entera de nada. Van a su bola —contestó Sol muy tranquila—. De todas formas, sin cargador no vale para nada. Tenemos que encontrar uno.

Sol daba por sentado que esa parte de la misión me correspondía a mí. ¡Ella ya había hecho bastante! Maldiciendo internamente, salí de la cabaña y eché una ojeada a mi alrededor. La vida indolente de Yarapa seguía su curso dondequiera que mirase. Una mujer giraba la arcilla húmeda sobre un torno en el suelo. Un anciano mascaba unas hierbas sentado tranquilamente a la puerta de su choza. Un par de niños jugaban haciendo túneles en la tierra. ¿Qué hacía allí toda aquella gente y qué tenían que ver con los tejemanejes de Iva? Lo que estaba claro era que yo no les provocaba ninguna curiosidad. A pesar de que era más alto que nadie del poblado y de que mi color de piel y de ojos gritaba a los cuatro vientos que procedía de Marte, nadie me hacía preguntas.

Cuando me cansé de esperar a Iva a la puerta de la cabaña me dirigí a la plaza de Yarapa, un espacio donde, a aquella hora de la mañana, ya se había improvisado un pequeño mercado. Me acerqué a uno de los puestos, donde un hombre de piel oscura con tatuajes en los brazos exponía varios sacos llenos de insectos.

—¿Quieres unos pocos? Proteína de primera —me dijo—. Están riquísimos.

—No, gracias. ¿Dónde puedo conseguir un cargador para esto? —Le mostré disimuladamente el comunicador que había robado mi hermana.

El tipo se encogió de hombros.

—Ni idea. ¿Para qué quieres usarlo? Estamos aquí para que no nos encuentren. Si quisiéramos conectarnos al resto de la humanidad, viviríamos en São Paulo o en Río.

Comprendí que no podía ir haciendo preguntas tan a la ligera, así que, durante el resto de la mañana, estuve merodeando alrededor de los puestos y charlando con la gente, pero sin mencionar el cargador. Me quedé casi media hora escuchando a una mujer que les explicaba a todos los que se acercaban a su tenderete cómo machacar unas plantas y mezclarlas con áloe y resina para hacer emplastos y ponerlos sobre las picaduras de insectos. Era la pelirroja que el día antes estaba haciendo pulseras. Parecía completamente integrada en la comunidad, pero, por su altura y su aspecto frágil, deduje que seguramente también ella procedía de Marte.

En las horas más calurosas del mediodía, la plaza se quedó desierta. Regresé arrastrando los pies a la cabaña.

No había señales de Iva por ninguna parte, pero alguien nos había dejado un revoltijo de verduras asadas en un plato de latón sobre el tocón de un árbol cortado que hacía las veces de mesa.

Sol estaba dormida en la cabaña. La desperté para preguntarle quién había puesto allí la comida. Dijo que había entrado una mujer anciana y se dio la vuelta para seguir durmiendo. Pensé que era mejor dejarla en paz, así que comí solo. La textura de las verduras era entre viscosa y gelatinosa, y tenían un fuerte sabor picante, pero estaba demasiado hambriento para hacerles ascos.

Después de comer, yo también me acosté un rato en la hamaca. Medio dormido, escuchaba las voces lejanas del poblado, que se mezclaban con el chirrido de los insectos y el canto de los pájaros.

En medio de aquella quietud, de pronto estalló la lluvia. El agua explotaba, cantaba, salpicaba, arrancaba sonidos musicales de las maderas de la cabaña, de las hojas de los árboles, de la tierra. Sol se despertó y corrimos a la puerta a mirar. El cielo estaba oscuro, pero nítido. Y el agua caía, caía, caía.

Sol y yo nos agarramos y nos quedamos allí bajo el tejadillo de madera, sonriendo embobados. Parecía imposible que hubiese tanta agua en la atmósfera, que pudiese caer sin pausa de aquella manera. Era un milagro.

Iva surgió de entre las chozas caminando tranquilamente. Llevaba unos *shorts* desteñidos, la cintura al descubierto y en la parte superior una prenda de un tejido verde que se le ceñía mucho al cuerpo, dejando los hombros desnudos. Una vez más, me llamó la atención lo guapa que era.

Al vernos allí de pie a Sol y a mí, nos sonrió.

—En Marte no llueve, ¿verdad? —preguntó.

—No. La condensación del vapor de la atmósfera se canaliza hacia las cúpulas de reutilización —expliqué—. Es todo artificial.

Iva suspiró.

—Qué planeta tan triste —dijo en voz baja—. Yo no podría vivir en un lugar sin lluvia.

Esa noche, después de la cena junto al fuego, Iva me invitó a dar un paseo con ella por la selva. O así lo interpreté yo... Quiero decir, no sacó el revólver para convencerme de que la acompañara.

—Vamos a acercarnos al muelle del río Japurá —explicó—. Viento tiene que venir por allí.

—¿Quién es Viento?

—Nuestro contacto. Tiene un barco. Él nos llevará hasta la base de Sumak Wasi.

—¿Y desde allí adónde iremos?

Iva me miró. Las sombras del anochecer le daban un aspecto misterioso a su rostro.

—A ninguna parte —contestó—. Es el final del viaje.

La seguí sin atreverme a hacer preguntas. Los sonidos de la selva eran más delicados por la noche. Todo lo llenaba un chirrido cristalino que venía de los árboles. Los grillos.

De vez en cuando, se oía también el aullido estremecedor de un mono. Y, por todas partes, las hojas crujían, crepitaban, susurraban agitadas por criaturas invisibles.

Pero llegó un momento en que todos los sonidos se fundieron con el murmullo inmenso del río. Allí estaba, una cinta ancha de reflejos entre las siluetas de los árboles. Bajamos hasta la orilla.

Cuando llegamos al borde del agua, Iva, con un gesto preciso y rápido, me sacó el comunicador que creía bien oculto en mi bolsillo y lo arrojó a la corriente.

Me quedé mudo. No sabía qué decir. Ella permaneció quieta contemplando los reflejos de la luna en el río.

Por fin se volvió a mirarme.

—No te habría servido de nada, de todas formas. Aquí no llegan las señales de los satélites. Estamos incomunicados con el resto del mundo.

—Solo quiero saber cómo está mi familia. Mis padres. ¿De verdad están bien?

Meneó la cabeza, disgustada.

—Ya os dije que sí. ¿Por qué no podéis fiaros de mi palabra?

—No sé... ¿Porque nos has traído hasta aquí secuestrados?

Su gesto malhumorado se desdibujó en una sonrisa.

—Por lo menos tienes sentido del humor —dijo.

A mí no me había sonado nada graciosa mi respuesta, pero me alegré de que se la tomara así.

Parecía que el propósito del paseo era tirar el comunicador al río sin testigos. Una vez cumplido, Iva estaba ansiosa por regresar.

—No deberíamos haber dejado sola a tu hermana tanto tiempo —observó—. Me preocupa, no come casi nada, y parece tan asustada...

—Esto es muy duro para nosotros. Pesamos tres veces más que en nuestro planeta, el sol nos daña la vista, los sonidos nos resultan atronadores, los olores parecen puñetazos...

—Me imagino que es difícil. Pero os acostumbraréis.

—No queremos acostumbrarnos. Estamos aquí de vacaciones. Hemos venido a pasar el verano, ¿entiendes? Somos turistas.

Iva caminaba delante de mí por un estrecho sendero entre los árboles. Se volvió a mirarme y aguardó hasta que la alcancé.

—No te entiendo —dijo—. Sé que aquí todo es diferente y difícil para ti, pero me he fijado en tu mirada cuando la clavas en las copas de los árboles, en el agua del río, en el cielo... Es la cara que pone alguien que está..., no sé qué expresión usar... Maravillado. Sí. Enamorado de lo que ve. Tú te estás enamorando de la Tierra y no quieres reconocerlo. Y te empeñas en odiarme por haberte hecho el regalo de conocer la selva. Pero no creo que puedas odiarme.

—¿También lo has visto en mi cara?

—Puedes ahorrarte el tono burlón. Sí, lo he visto. ¿Qué pasa, en Marte os da miedo hablar de los sentimientos? Aquí somos más libres, me parece.

Aceleré el paso para dejarla atrás.

—Lo que sois es más imaginativos —mascullé—. Desde luego, tú tienes mucha imaginación. Tenéis un planeta impresionante, lo admito, pero te repito lo que te he dicho antes. Yo estoy de paso. Ni Sol ni yo vamos a quedarnos mucho tiempo aquí.

—A lo mejor os quedáis más tiempo del que te imaginas —murmuró ella a mi espalda.

Sus palabras me sonaron extrañamente amenazadoras en medio de aquella oscuridad llena de insectos y pájaros. No sabía qué pensar de ella. Un momento antes me había parecido una adolescente tan perdida y sola como yo, pero aquella frase me hizo verla de nuevo como la terrorista sin escrúpulos que probablemente era...

Las luces del poblado me devolvieron un poco de confianza. Al menos, no estábamos encerrados. Nos rodeaba gente más o menos normal. Terrícolas, sí, y un poco pintorescos, pero no podían ser todos unos forajidos.

Junto al fuego resonaban tambores y música de flauta. La gente reía muy animada. Cuando nos acercamos comprendí por qué.

Sol estaba intentando bailar al son de la música, pero sus pies se enredaban continuamente, haciéndole tropezar y caerse mil veces. Se levantaba con una sonrisa tozuda, se tambaleaba hasta recuperar la posición y otra vez bailaba. ¿Qué demonios le había pasado? No resultaba propio de ella exhibirse así. Era normal que la gravedad terrestre le hiciese bailar con torpeza, pero... ¿tanta?

Iva fue hacia ella como un rayo, la cogió por un brazo, acercó su nariz a su boca y le olió el aliento. Inmediatamente se volvió hacia los ancianos que reían con los brazos en jarras.

—¿Le habéis dado cachiri? ¿En qué estabais pensando? Es una niña, por Dios... ¿Es que no lo veis?

—No es tan pequeña —dijo uno de los hombres—. A mí me saca la cabeza. ¡Y le ha gustado mucho!

Otra vez estallaron en carcajadas. Iva los miró furiosa e hizo un gesto de impotencia.

—Vamos, Sol. Vamos a la cabaña.

Agarró a mi hermana por los hombros y la alejó del fuego. Las alcancé en cuanto pude.

—¿La han drogado? —pregunté lleno de angustia.

—Algo así. El cachiri es una bebida fermentada que se hace con yuca. Tiene bastante alcohol. Tu hermana está borracha.

En Marte no se consumen bebidas alcohólicas. Me asusté muchísimo.

—¿Se va a recuperar?

—Sí, Ray, no te preocupes. Pasará una mala noche y puede que vomite, pero mañana estará como nueva. Esos viejos estúpidos... Piensan que todo en la vida es una broma. No saben dónde está el límite.

Sol se dejaba llevar hacia la cabaña sin oponer resistencia. Cuando llegamos, se lanzó trastabillando los pies hasta su hamaca.

—Quiero... dormir... —dijo, pronunciando como si tuviese algo raro en la lengua.

Y allí se quedó, con los ojos cerrados. Iva salió de la cabaña y regresó con un barreño metálico.

—Por si le entran ganas de vomitar —dijo—. Tengo que volver a salir. Nuestro contacto ya debería haber llegado. Si notas algo raro en Sol o te dice que se encuentra mal, id a buscar a Zara, la mujer pelirroja. Es nuestra médica local. La encontraréis en la caravana azul celeste, al otro lado de la plaza.

Iva salió y regresé despacio hacia donde Sol respiraba apaciblemente, como si estuviese dormida.

Pero no lo estaba... En cuanto llegué hasta ella abrió los ojos.

—¿Se ha ido? —me susurró.

—Sol... ¿Estabas fingiendo?

—Claro. He estado fijándome. Cuando beben cachiri, todos se comportan más o menos así.

Nuestros ojos se encontraron en la oscuridad. Sus pupilas brillaban.

—Nunca dejas de sorprenderme —confesé.

Sin responder, metió la mano por el cuello de su mono y sacó una libreta de papel terrestre. Parecía antiquísima.

—¿De dónde has sacado eso? —pregunté.

Sol abrió la libreta. Era de papel, sí, pero había una página diferente, fabricada con el polímero marciano que usamos para las pantallas de un solo uso.

Deslicé el dedo sobre el polímero para encender la pantalla y vi el rostro de Zonder.

—Os tenemos localizados —dijo la grabación—. No os preocupéis. La ayuda está en camino.

10

76 No puedo decir que durmiese mucho esa noche. Empapado en sudor, daba vueltas en la hamaca mientras escuchaba irritado la respiración tranquila de Sol a unos pocos metros de distancia. Intentaba encontrar una explicación a lo que me había contado mi hermana sobre la misteriosa libreta con el mensaje de Zonder. Según ella, se la había entregado Zara, la médica del asentamiento, en un paquetito envuelto en hojas de una planta amazónica. Le dijo que era un regalo de los espíritus de la selva para ella, nada más. ¿Sabría Zara lo que contenía el paquete?

Solo había un modo de averiguarlo: preguntándoselo.

Iva se había vuelto a marchar para ir en busca de su enlace. No tenía ni idea de la hora que era, pero decidí arriesgarme y me deslicé con sigilo hasta el exterior de la cabaña. El poblado estaba tranquilo, los grillos coreaban sus estrofas de cristal en los árboles y muy arriba, en el retazo de cielo que se dejaba ver entre sus copas, brillaban con intensidad las estrellas. Daba la impresión de que todos se habían ido a dormir...

Amparándome en las sombras, me deslicé por el contorno de la plaza hasta el otro lado, donde estaba la caravana de la doctora. Llamé suavemente en la portezuela metálica golpeándola con los nudillos. Nadie respondió. Volví a golpear, esta vez más fuerte. Nada. Era imposible que no me hubiese oído...

Los latidos desordenados del corazón me resonaban en el pecho como la lluvia en las hojas de la jungla. Empujé despacio la portezuela, que cedió con un breve chirrido. La caravana estaba muy desordenada, como si un pájaro enloquecido lo hubiese revuelto todo, con almohadones y cacharros de cocina tirados por el suelo y un montón de ropa en la cama. Ni rastro de Zara... ¿Qué le habría pasado?

Un miedo irrefrenable me hizo salir corriendo de la caravana. No me importaba que me vieran correr. No me importaba nada. Algo le había pasado a la médica, algo relacionado con la libreta que nos había entregado... ¡Y esa libreta estaba en el bolsillo de mi pantalón!

En el centro de la plaza ardían todavía los rescoldos de la hoguera comunal. Había visto a los ancianos remover los tizones al rojo y soplar sobre ellos para avivar el fuego. En un impulso, me acerqué e imité aquellos gestos. Cuando las llamas ascendieron brillantes hacia el cielo, arrojé la libreta en ellas. Sin mirar atrás, me dirigí con pasos rápidos a la cabaña. Si alguien estaba vigilándome, ese sería el momento en el que saldría para rescatar la libreta de las llamas, para pedirme explicaciones... Pero nadie salió. En los confines del asentamiento resonaron unos ladridos. Eso fue todo.

Me dejé caer sobre la hamaca, cerré los ojos y me quedé totalmente quieto hasta que, poco a poco, me fui calmando.

La noche seguía tranquila. Solo se oía la canción de los grillos, el murmullo del viento en las copas de los árboles, de vez en cuando el canto de un pájaro o un aullido de mono en la distancia. Estaba tan agotado de tener miedo que en algún momento me quedé dormido.

Me desperté sobresaltado cuando mi hamaca empezó a bambolearse sin control. Abrí los ojos y vi a Sol. Me estaba zarandeando.

—¿Qué haces? —le grité—. ¿Quieres tirarme al suelo?

—Nos vamos —contestó sin pestañear—. Ha llegado Viento.

—¿Quién es Viento?

Me incorporé en la hamaca y vi la silueta de un hombre alto sobre el rectángulo de luz de la puerta. Cuando los ojos se me acostumbraron a aquel contraste, distinguí mejor sus rasgos. Tenía una melena negra y lacia que le caía sobre los ojos, una nariz chata y ojos morenos y expresivos, como muchos de los nativos amazónicos que había en Yarapa, pero su altura y el tono claro de su piel me hicieron sospechar que alguno de sus antepasados era de origen marciano.

—Que el Espíritu vea los colores del mundo con tus ojos —dijo, mirándome—. Iva nos espera en el barco, no hay tiempo que perder.

Miré a mi alrededor. Lo único bueno de ser un prisionero es que, cuando te trasladan, no tienes que preocuparte de hacer el equipaje. Alguien lo hace siempre por ti...

Con las manos en los bolsillos, seguí a mi hermana y a Viento por las calles polvorientas de Yarapa. Debía de ser temprano, pero ya había algunas personas a la puerta de las chozas y estaban montando el mercado. El corazón me dio un vuelco al distinguir la melena pelirroja de Zara. Estaba colocando sobre una manta de colores los frasquitos de cristal que contenían los remedios de hierbas que preparaba. Cuando pasamos frente a ella, levantó la cabeza y me dirigió una encantadora sonrisa.

Continué mi camino detrás de Sol y de nuestro guía. En su brazo derecho tintineaba un brazalete de arinio, una aleación verdosa de cobre, oro y níquel que solo se fabrica en Marte. El resto de su atuendo era similar al de todos los habitantes de Yarapa: una camisa de colores y un pantalón corto desgastado.

Dejamos atrás el poblado y nos internamos en una senda que parecía recién abierta con machetes entre la maleza de la jungla. Era tan estrecha que las ramas y las hojas nos rozaban al pasar, y teníamos que ir en fila. No sé cuánto tiempo caminamos así. Los árboles eran tan altos en aquella zona que reinaba una oscuridad casi completa.

Después de un rato, oímos el rumor poderoso del río. Cuanto más nos acercábamos a él, más se desdibujaba el resto de los sonidos de la selva. El rugido de la corriente lo dominaba todo...

Pero, cuando salimos de entre los árboles y alcanzamos la orilla, las aguas me parecieron lentas y perezosas. ¿Cómo podían resonar de aquella manera?

Había un barco amarrado a un tronco muy cercano al borde del cauce. Iva estaba en la cubierta, tecleando sobre un pequeño dispositivo que no le había visto nunca antes. En cuanto aparecimos lo guardó.

—Subid —dijo—. Tenemos un largo viaje por delante.

La barcaza era de madera y su casco estaba pintado de azul brillante. Las tablas de la cubierta, en cambio, eran de color natural y se veían muy desgastadas. En la proa, alguien había escrito con letras desiguales una palabra:

Shinan.

Viento siguió la dirección de mi mirada.

—Significa «sabiduría» en idioma Shipibo-Conibo —explicó.

Tenía una manera curiosa de alargar las vocales al final de cada palabra, como si estuviese paladeando los sonidos.

—¿Tú perteneces a ese pueblo? —me atreví a preguntar.

Viento hizo un gesto negativo con la cabeza.

—Mi madre era ticuna. Mi padre, de la región del Monte Tharsis, en Marte. Pero yo soy el que habla con todos. Por eso me llaman Viento.

Después de esta enigmática explicación, se encaramó a la cubierta y se agachó para conectar el motor a las baterías solares. Las hélices empezaron a borbotear en el agua. Iva ayudó a Sol a subirse al barco y después a mí.

Las sensaciones a bordo del Shinan me gustaron. Flotar en el agua era casi como regresar a la gravedad ligera de Marte. Navegábamos despacio corriente arriba, y el rumor de las hélices se confundía con los crujidos de las hojas de los árboles, el crepitar de las cigarras y los trinos de los pájaros. Aquel río era el mismísimo Amazonas, aunque Iva nos explicó que más tarde lo abandonaríamos para internarnos en uno de sus afluentes.

Sol miraba hechizada la corriente oscura y sus orillas.

—Mira, Ray —me llamó—, eso que salta ahí... ¡Los ves! Son unos peces enormes... ¡Son rosas!

—No son peces, son delfines —dijo Iva, que se había sentado en el suelo de la popa y se entretenía remendando lo que parecía una red de pescador—. Delfines rosados. Son de una familia distinta a la de los delfines de agua salada, pero se parecen en muchas cosas. Sol, ¿sabías que los delfines ven con sonidos? Hacen ecografías... Eso significa que pueden ver en el interior de tu cuerpo. Si estás en el agua, claro.

Mi hermana la miró con desconfianza. No sabía si Iva le estaba tomando el pelo. Y yo tampoco, la verdad. Sin ningún dispositivo para comprobar la información, no había forma de saber si decía la verdad.

Navegamos durante todo el día. En las horas más cálidas, bajamos al único camarote que había para dormir la siesta en las hamacas. Como yo apenas había descansado por la noche, me desperté al atardecer. De la cubierta me llegó un olor penetrante de pescado a la parrilla.

Comimos los peces que Viento había pescado durante las horas de la siesta. Tenían muchas espinas y un sabor muy fuerte, pero, una vez que te acostumbrabas, estaban ricos.

—¿No es peligroso comer este pescado? —pregunté yo—. Quiero decir: vuestros ríos... están llenos de residuos y los metales pesados se acumulan en los animales que viven en ellos... A lo mejor vuestros estómagos están acostumbrados, pero los nuestros...

Iva estudió pensativa mi rostro antes de contestarme.

—No hay ningún peligro —dijo tan solo—. No os pondréis enfermos.

—Nunca pensé que comería un animal muerto. En Marte no comemos animales —explicó Sol—. Solo sus tejidos.

—Bueno... Aquí vivimos vidas más naturales. Pertenecemos a la cadena alimentaria, igual que el resto de los seres vivos.

De postre había unos frutos que jamás había visto. Los llamaban *camu camu* y tenían la piel roja, la pulpa jugosa y amarilla, y un sabor agridulce.

Después de la cena nos tumbamos en la cubierta del barco a contemplar las estrellas. Era como si encima de nosotros hubiese otro río en el cielo, flanqueado por las copas negras de los árboles. En Marte nunca había visto tantas estrellas. Tenías la sensación de estar muy cerca de ellas, de formar parte de lo mismo.

Una lágrima de luz atravesó el cielo en diagonal. Y, un instante después, otra. Viento se echó a reír.

—Cada estrella fugaz es un espíritu de los antepasados. Si nos salen al encuentro, es que nos protegen. Estamos a salvo.

Le creí. Yo no era más que su prisionero, alejado por cientos de miles de kilómetros de todo lo que conocía, y mi casa se encontraba en alguno de aquellos puntos que brillaban en el firmamento. Había sido educado de manera científica, no creía en espíritus. Y, aun así, me sentía protegido en medio de aquella jungla desconocida y llena de peligros. Sentía que no estaba solo, que formaba una pequeña comunidad con aquellas tres personas que iban a bordo del Shinan y que no era casualidad que el nombre de nuestro barco significase «sabiduría» en una lengua antigua.

11

84 La travesía en el Shinan se prolongaba día tras día y, por los comentarios de Iva, ni ella misma estaba segura de lo que tardaríamos en llegar a la base. Lo curioso es que no me importaba. Quería que el viaje a bordo de aquella barcaza desvencijada durase lo más posible y no pensar en lo que ocurriría después. Quería mirar la corriente negra del río, la sombra de un tapir en la orilla, el revoloteo de los tucanes en lo alto de los árboles, y luego bajar a la cabina y mecerme en la hamaca durante las horas más calurosas del día, y cenar pescado asado en la cubierta, y mirar el perfil delicado y resuelto de Iva contra el cielo del atardecer sin que ella lo notara. Me sentía culpable, me sentía egoísta por estar disfrutando de algo que debería haber representado una tortura, pero, cuando me asaltaban esa clase de ideas, procuraba distraerme mirando la selva siempre cambiante a mi alrededor, y casi siempre lo conseguía.

Cuando abandonamos el Amazonas para remontar la corriente del río Yavari, el paisaje se volvió más cerrado, la jungla más alta y espesa. Ya no hacía tanto calor, porque la mayor parte de la jornada navegábamos a la sombra de las espinosas ceibas y de los árboles del caucho, de las palmeras aguajes y del açaí... Iva me había enseñado poco a poco a distinguir todos aquellos árboles y ahora los identificaba como si fuese imposible confundirlos, como si ese saber lo hubiese llevado en mí toda la vida, heredándolo de mis antepasados.

—Te gusta la selva —dijo una tarde Iva sonriéndome mientras me miraba directamente a los ojos.

Acabábamos de cenar fruta y un pan plano que ellos llamaban *casabe* y que, según explicó Viento, se hacía con yuca amarga fermentada. Es difícil de fabricar, porque, si no se exprime bien el jugo de la yuca, que contiene cianuro, el pan puede resultar venenoso. Un momento antes, había visto a un mono aullador espiándonos desde lo alto de una ceiba. Probablemente estaba sopesando si valía la pena robarnos nuestra escasa comida.

—Es imposible que esto no le guste a alguien —murmuré.

Iva miró de reojo a Sol, que se había acostado en posición fetal sobre una colchoneta y no parecía interesada en nada de lo que nos rodeaba.

—Ella no opina lo mismo.

—No es eso. Está asustada. Es normal que lo esté. Todavía es muy pequeña, no sabemos nada de nuestros padres...

—No os va a pasar nada malo. Al contrario —me animó Iva—. En la base os vamos a proteger.

No hice preguntas. No quería demostrar demasiada curiosidad y tampoco confiaba mucho en la fiabilidad de nuestra captora. Preferí cambiar de tema.

—Esta no es la Tierra que estudiamos en Marte —observé—. Yo pensaba que todo era un vertedero contaminado, pero esta zona se conserva muy bien.

—Pues, aunque no lo creas, ha sido uno de los ecosistemas más sobreexplotados y esquilmados del planeta. Recuperarlo ha costado mucho esfuerzo... y muchas vidas.

—Pero habréis tardado muchos años... ¿Y cómo es que esta labor nadie la reconoce en Marte?

—No queremos que nadie la reconozca. Debe ser un secreto. Marte, ahora mismo, es el centro del imperio económico del sistema solar. Ya sabes cuál es la obsesión de toda esa gente: crecimiento, crecimiento. Así se cargaron la Tierra y, ahora que han aprendido la lección, tienen buen cuidado de no devastar su planetita rojo, pero arrasan todo lo demás. A la Tierra no vienen porque creen que aquí no queda nada que robar. Ya nos lo quitaron todo hace siglos... Por eso no deben enterarse de que nos estamos recuperando.

—Pero no podréis evitar que se enteren. En Marte las cosas no son como aquí. Las inteligencias artificiales han alcanzado un nivel que no os podéis imaginar. Y tenemos una inteligencia mixta, Pansophos, una red humana y artificial...

—Lo sé. Tu padre forma parte de ella. Ha venido para actualizar su base de datos sobre la Tierra.

Por primera vez entendí lo que estaba pasando.

—Es eso —murmuré—. No queréis que se entere... o que lo cuente.

Iva ladeó la cabeza y miró hacia las plantas de la orilla.

—Yo solo soy un peón en este juego. No tomo decisiones. No conozco los grandes planes. Hago lo que me dicen porque creo en las personas que me lo dicen. Para mí es todo bastante sencillo.

Para mí también lo era, por lo menos mientras estuviésemos allí, navegando por un río terrestre, bajo árboles altísimos e incomunicados. Con Iva.

Me quedé mirándola en silencio, y ella no rehuyó mis ojos. Los suyos reflejaban las sombras negras de los árboles y la corriente verdosa del río. Entonces lo sentí. Una corriente invisible nos unía, algo hecho de deseo, esperanza y miedo. Me atravesó la mente un pensamiento que me asustó: no soportaría apartarme de ella cuando todo terminara. No quería perderla. Y ella tampoco quería perderme a mí. No hacía falta que me lo dijese. Estaba en su mirada, en su forma de sonreírme, de hablarme, en aquella intimidad que se creaba entre nosotros cada vez que estábamos juntos. Los dos sentíamos lo mismo. El problema era que no queríamos sentirlo y mucho menos darle un nombre. Me habría dejado arrancar la piel antes de pronunciar en voz alta la palabra *amor*. Así que, aunque no quería, terminé rompiendo el hechizo de aquel instante. Murmuré una excusa, «voy a ver qué hace mi hermana», algo parecido.

Los reflejos desaparecieron en los ojos de Iva, como si un viento repentino hubiese erizado la superficie de un lago. Su mirada se volvió otra vez cautelosa, un poco hostil.

—Haz lo que quieras —me contestó.

A Viento no lo veíamos mucho. Cuando no estaba pescando en la proa o haciendo alguna reparación, bajaba a su camarote y ponía música. Un día me enseñó su viejo tocadiscos y sus discos de vinilo, negros y frágiles. Estaban metidos en fundas de cartón de colores brillantes. Casi todos eran de películas musicales del siglo XX, según él, la era dorada del cine. Yo nunca había visto películas de esas, pero Iva me contó que eran historias amables, donde sucedían muchas cosas y los personajes se ponían a cantar y a bailar en las situaciones más extrañas. Debía de resultar muy cómico... La música, sin embargo, no era cómica, sino emocionante y romántica. No se parecía a nada que yo hubiese escuchado en Marte.

La pobre Sol se iba ensombreciendo más cada día que pasaba. Contestaba con monosílabos cuando le hablábamos y, si comía algo, era a la fuerza, después de que yo le insistiera mucho. Cualquier ruido inesperado le hacía pegar un bote y ahogar un chillido. Vivía permanentemente sobresaltada. En Yarapa había hecho cosas muy valientes, pero allí aislados en medio de la jungla parecía haber perdido todo su aplomo.

Una de las cosas que más la atemorizaban era la lluvia. Caía todos los días hacia mediodía, torrencial y estrepitosa, multiplicando sus ecos en los mil tambores de hojas y troncos en los que aterrizaban las gotas, agitando las aguas oscuras del río... Sol se tapaba los oídos y bajaba al camarote. Yo sabía que estaba llorando.

A Iva le daba lástima, se le notaba. Y una tarde, cuando la lluvia empezó y Sol se lanzó escaleras abajo pálida como un fantasma, decidió actuar.

—Viento, tienes el disco de *Singing in the Rain*, ¿verdad? Ponlo, anda. Vamos a demostrarle a Sol lo divertida que puede ser la lluvia. ¿No tendrás un viejo paraguas por ahí...?

—Debe de haber una sombrilla rota en la bodega. Voy a por ella. Y tengo otra cosa muy apropiada...

Un par de minutos después, Viento emergió del camarote con una cúpula de tela que sostenía en la mano por un palo y una prenda brillante y amarilla que le cubría hasta la cabeza. Estaba muy gracioso.

La música ya había empezado a sonar. El inglés era un poco diferente del que hablamos ahora en todo el sistema, pero se entendía.

I'm singing in the rain,
Just singing in the rain,
What a glorious feeling,
I'm happy again,
I'm laughing at clouds
So dark up above,
The sun's in my heart
And I'm ready for love...

Los pies de Viento se movían con naturalidad al ritmo de aquellos compases. Era como si sus pasos se hubiesen transformado de pronto en fantasiosas piruetas de baile. Iva lo imitaba y, enseguida, lograron sincronizar perfectamente sus movimientos.

Y entonces mis pies también empezaron a moverse. Yo no hacía nada, iban solos. Repetían las secuencias de pasos de mis compañeros. Y la canción era tan fácil de aprender que también yo la cantaba.

I'm singing in the rain,
Just singing in the rain...

A Sol le pudo la curiosidad. Lentamente, fue emergiendo por las escaleras del camarote.

—¿Qué haces? —me preguntó con el ceño fruncido.

—Bailar. Bailar al estilo de la Tierra.

Me eché a reír como un niño pequeño y seguí cantando y bailando bajo la lluvia. Giraba, salpicaba, saludaba con gestos exagerados a Viento y a Iva. Los tres nos habíamos entregado a aquella explosión musical con toda el alma... Y Sol, después de un segundo de duda, se nos unió. Siempre ha tenido un oído increíble, en casa toca el vibrarmonio desde que tenía un año... Cogió los pasos al vuelo y en un momento se había convertido en la estrella de la coreografía. Estaba bailando bajo la lluvia, bajo la lluvia salvaje y torrencial de la selva amazónica, y estaba disfrutando como una bebé en un parque de baja gravedad.

Cuando la canción se terminó, Viento volvió a ponerla. Repetimos el baile, introduciendo algunas variaciones. Dejó de llover, pero seguimos bailando.

Después de aquello, Sol no volvió a mirar a Iva de la misma manera. Cuando sus ojos se encontraban, le sonreía. Y pasaba mucho más tiempo charlando con nosotros.

Le agradecí mucho a Iva lo que había hecho por mi hermana. No tendría por qué haberse tomado tantas molestias. Estaba cumpliendo su misión y nadie la obligaba a preocuparse de nuestros estados de ánimo. Pero se preocupaba... No podía evitarlo. ¿Porque era esa clase de persona que empatiza de manera natural con alguien que lo está pasando mal? Seguramente. Aunque también... Sol es mi hermana. A lo mejor, de manera indirecta, lo había hecho por mí. No podía quitarme de la cabeza aquella tarde en la cubierta, cuando los dos nos quedamos mirándonos en silencio. Aunque, desde entonces, no había vuelto a notar ese brillo distinto en sus ojos cuando se tropezaban con los míos. A lo mejor me había confundido, había creído ver algo que realmente no estaba allí. Un maldito espejismo.

Por las noches solíamos atracar en la orilla. A veces, Viento se internaba en la espesura armado con un arco y unas flechas. Regresaba horas después con algún pecarí o una pava que luego asábamos trinchada con un palo sobre el fuego. Sol se negaba a probar la carne de aquellos animales, pero yo me obligué a hacer el esfuerzo de comérmelo... El pecarí era delicioso. No tenía nada que ver con los cultivos de tejido animal que preparamos en Marte. El sabor parecía condensar algunos de los aromas secretos de la jungla. Me pareció que, al consumir directamente la carne de un animal cazado, estaba regresando a los orígenes de nuestra especie, cuando todavía reinaba cierto equilibrio entre la humanidad y el resto de los seres del planeta. Como si comerme el pecarí me insertase en una de esas cadenas tróficas de los ecosistemas convirtiéndome, a la vez, en una presa posible para otro animal...

Quizá no fue casualidad que, esa misma noche, me despertasen unos pasos elásticos y cautelosos sobre las tablas de la cubierta. Iva y Sol dormían profundamente. Haciendo el menor ruido posible, subí las escaleras. Y lo vi...

Era un jaguar de gran tamaño. Los dibujos negros en el pelaje parecían un reflejo de las sombras que proyectaban las ramas de los árboles. Olfateaba la colchoneta donde solía acostarse Sol. Su respiración era rápida, pero acompasada. Emitía un olor muy intenso, a musgo, a tierra y a sangre.

Me quedé inmóvil bajo el tejadillo de la cabina, observándolo. Con sinuosa elegancia, se giró y quedó plantado directamente frente a mí. Sus ojos, de color verde y ámbar, se clavaron en los míos.

Un instinto muy viejo me hizo quedarme allí quieto, sosteniéndole la mirada. Permanecimos así varios minutos. Luego, él se dio la vuelta, caminó hacia el borde de la popa y saltó grácilmente a la orilla. Un instante después había desaparecido en la espesura.

Cuando me giré para regresar al camarote, me sobresalté al encontrarme con Viento. Tenía un arma de fuego en la mano.

—Te has comportado muy bien. Lo has respetado. Y él a ti —dijo.

—Pensé que iba a atacarme...

—Podría haberlo hecho. Pero tú hiciste lo único que podía detenerlo. Lo miraste a los ojos. Cuando miras a los ojos a un jaguar, deja de verte como una presa. Te reconoce como un igual, como un ser con alma. Ya no puede verte como un trozo de carne y te deja marchar. Eso es lo que tanto les cuesta entender a los marcianos. Vienen aquí y lo miran todo como carne. Miran la selva y no le encuentran los ojos. No entienden que la selva también los ve y que ella no respeta a los que no le ofrecen la mirada. Esos solo son presa para ella. Puede destruirlos, como el jaguar, si no lo hubieses mirado, te habría destruido a ti.

12

Nos estábamos acercando a la base de Sumak Wasi. Allí era adonde nos llevaban. Iva me explicó que Sumak Wasi significa «casa hermosa» en la lengua quechua.

—Y eso es lo que ha sido para mí —añadió mirando hacia un punto indeterminado en la espesura, como si su mente estuviera en otra parte—. Mi única casa.

No sabíamos mucho más sobre aquel lugar. Únicamente, que era el centro de operaciones de la organización a la que Viento e Iva pertenecían y que se hacía llamar Jungla. La poca información que había ido recabando en las conversaciones que mantenían a veces entre ellos me había hecho comprender que Jungla se dedicaba, sobre todo, a dos cosas: a recuperar los ecosistemas terrestres y a asegurarse de que nadie supiese que lo estaba haciendo.

A pesar de las explicaciones que me había dado Iva, no acababa de entender por qué era necesario tanto secreto. Además, visto desde la perspectiva de un marciano, resultaba un poco ingenuo pensar que se podía engañar todo el tiempo a todo el mundo, incluidas las inteligencias artificiales o mixtas como Pansophos. Era imposible que no lo descubrieran tarde o temprano, si es que no lo habían hecho ya. Eso explicaría que hubiesen enviado a mi padre a una misión de recopilación de datos en el terreno, en lugar de confiar simplemente en sus terminales de IA no humana. Y la respuesta de Jungla había sido secuestrarnos: un torpe intento de torcer la voluntad de Pansophos. Como si a la gran red le importase sacrificar una de sus terminales. Mi padre lo había dicho muchas veces: «Si algún día me pasa algo, si como individuo desaparezco o se me provoca una muerte temprana de las de los viejos tiempos, no tenéis que afligiros. Forma parte de la gran misión de Pansophos. Nosotros somos como un gran cerebro, y cada nódulo, una neurona independiente conectada a miles de millones de neuronas más. Pero sabéis cómo funciona el cerebro cuando tiene que crecer, madurar o adaptarse a circunstancias nuevas, ¿verdad? Realiza una poda neuronal. Hay que eliminar el exceso de información, los nódulos que complican la visión, que generan ruido. Pansophos funciona exactamente igual».

Yo solía escuchar todo aquello como una exageración de mi padre, palabras vacías para agrandar la misión a la que había entregado su vida. Ahora, sin embargo, temía que fuesen ciertas. Fuese lo que fuese lo que esperaba conseguir Jungla secuestrándonos, no lo conseguiría. No si lo que esperaban era torcer la voluntad de mi padre o su compromiso con Pansophos.

De todas formas, no habíamos llegado aún a la base, así que decidí pensar lo menos posible en lo que nos esperaba allí y disfrutar de la última parte de la travesía en el viejo barco de Viento.

Habíamos abandonado la corriente del Yavari para navegar por el Itacoaí, mucho más estrecho y oscuro. Sobre sus aguas, el dosel de la selva se cerraba dejando entrar apenas la luz del sol. La vegetación de sus orillas era tan intrincada que parecía impenetrable. Y la mayor parte de los sonidos de la selva se habían apagado. Casi todo el rato reinaba un silencio total en el que solo se oían los crujidos de las hojas y el rumor del agua golpeando el casco del Shinan.

—Aquí la selva es tan cerrada que no pueden entrar ni los jaguares —decía Sol.

Incluso nosotros hablábamos poco y, cuando lo hacíamos, era en susurros, como si de manera instintiva nos diese miedo quebrar la serenidad de aquella parte de la jungla. En algunos momentos, tenía la sensación de que aquello duraría siempre, de que estaríamos así, los cuatro solos, navegando durante años por una selva oscura que, pocos meses atrás, yo habría jurado que solo existía en las películas o en los juegos de realidad virtual.

Y, sin embargo, allí estaba. Existía.

Una mañana, estaba medio dormido en un rincón de la cubierta, cuando Sol me tocó suavemente en el hombro.

—Ven a ver, Ray —me susurró—. Creo que he visto a un hombre...

La seguí hasta la zona de la proa. El barco navegaba solo; Viento había bajado al camarote a descansar e Iva leía un viejo libro de papel bajo el sombrajo de hojas de palma que se había construido ella misma.

Miré hacia la enmarañada maleza de la orilla y no vi nada. El barco se deslizaba bastante deprisa, así que pensé que, si había alguien en la orilla, ya lo habríamos dejado atrás.

Y, justo cuando iba a regresar a mi rincón, lo vi. Un rostro oscuro con pinturas rojas en la cara, observándonos con ojos negros y ardientes. Solo un instante y retrocedió, quedando oculto tras las hojas gigantes y oscuras de una heliconia (Iva me había enseñado a distinguir aquella planta, que tenía unas extrañas flores en forma de garra).

—¿Lo has visto? No me lo había imaginado —susurró Sol.

—Creo que tendríamos que decírselo a Viento. Por si es peligroso.

Bajamos al camarote y le informamos de lo que acababa de suceder. Pareció sorprendido.

—En esta zona los avistamientos de indígenas no contactados son raros —dijo—. Ellos suelen evitar el río. Quizá sea alguien de Jungla...

Subió con nosotros a la cubierta. Durante un buen rato, espiamos la orilla derecha sin ver nada, hasta que, en un nuevo fogonazo, la figura apareció entre las plantas y desapareció. Esta vez pudimos verlo casi entero. Iba desnudo.

—Es un caceteiro —dijo Viento—. Nosotros los llamamos así, aunque el nombre oficial sería el de korubo. ¿No habéis visto el garrote?

—¿Ese palo que llevaba?

—Es su arma característica. La usan para cazar, para peleas... Es muy difícil cazar con eso, ya os lo digo yo, pero ellos son expertos. Me pregunto qué hará tan lejos de su territorio.

Seguimos vigilando durante un buen rato. El korubo aparecía y desaparecía en distintos puntos de la orilla. Debió de seguir el barco hasta que se cansó. Al atardecer habíamos dejado de verlo.

Era casi de noche cuando Iva señaló un estrecho canal poco profundo a la derecha del río.

—Hemos llegado —dijo—. Esta es la entrada a Sumak Wasi.

Accionó un dispositivo de mano que llevaba y oímos un chirrido de metal en el agua. El fondo del canal se hundió y el agua entró a borbotones en su cauce desde el río, arrastrándonos con ella.

El Shinan se deslizó muy despacio entre las hojas redondas de los lirios de agua. A lo lejos, vimos una luz temblorosa y pálida.

—Han encendido para nosotros la candela de bienvenida —murmuró Iva.

No podía ver su rostro en la oscuridad, pero notaba su agitación.

—Estamos llegando al corazón del mundo —añadió—. Desde aquí se bombea la sangre que está limpiando y regenerando el planeta.

13

Mientras Viento terminaba de amarrar el barco, los demás saltamos a tierra firme para ir hacia aquella luz que nos llamaba desde el centro de la jungla. Recorrimos un sendero limpio y cuidado entre paredes de árboles que entrelazaban sus copas en lo alto, formando con sus ramas una especie de vidriera con cristales de cielo.

Por fin llegamos a un claro muy amplio que, según me pareció, tenía forma de corazón. En el centro ardía un fuego casi blanco del que salía un humo con un delicado perfume que no reconocí. Alrededor de la hoguera, el suelo formaba un mosaico de arena y guijarros dispuestos en complicadas formas geométricas. Casi todo eran espirales o extrañas curvas que se enlazaban unas con otras.

—Nuestro jardín zen —explicó Iva a media voz—. Y esta es la aldea —añadió, señalando las cabañas que había alrededor.

Eran chozas y construcciones muy sencillas que apenas se distinguían del paisaje. Estaban hechas de madera, caña y hojas de palma, recubiertas en parte con lianas y musgos que las camuflaban en el entorno. Algunas de aquellas construcciones se encontraban medio ocultas entre las raíces de los grandes árboles, aprovechando las cavidades naturales y las estructuras de soporte que estos les proporcionaban. Casi todas tenían tejados de tierra y plantas que funcionaban como una prolongación de la selva.

Al mirar hacia arriba, descubrí que también había plataformas de madera en los árboles conectadas entre sí por puentes colgantes y escaleras de cuerda. En algunas se distinguían paneles solares orgánicos y canalizaciones para recoger el agua de lluvia.

Aunque todo parecía desierto y el ambiente, para mí, tenía algo de amenazador, en la cara de Iva se había instalado una expresión de serenidad que nunca le había visto antes. Sus ojos se encontraron con los míos. Se había dado cuenta de que la estaba observando. Me sonrió.

—Pues sí, Ray, estoy contenta —murmuró—. Porque estamos en casa... Esta es mi casa.

—Pero ¿por qué no hay nadie? ¿Y por qué hablas en susurros? —preguntó Sol.

—Hablamos en voz baja para no molestar a las criaturas de la jungla. Y, aunque no veáis a nadie, están todos aquí, con nosotros. Y los vais a conocer ahora mismo. Empezaremos por la casa de Tukupi. Tengo muchas ganas de que la conozcáis.

Nos dirigimos hacia un árbol de tronco grueso con una gran abolladura a un lado que resultó ser la puerta a una pequeña cabaña. Dentro, el espacio estaba iluminado por una lamparilla de aceite posada en el suelo. Tukupi estaba sentada con las piernas recogidas bajo su falda de estampado geométrico delante de un torno donde modelaba una vasija de arcilla. Al vernos, se puso en pie con una agilidad asombrosa y vino a nuestro encuentro. Estaba descalza y su gruesa trenza negra le colgaba hasta la cintura.

—Os presento a Tukupi, nuestra ecóloga en jefe —dijo Iva—. Pertenece a la etnia Asháninka y utiliza las técnicas ancestrales de su pueblo para teñir y coser su propia ropa. No sé cómo tiene tiempo para todo.

—El tiempo es un invento de los colonos europeos. Una tontería de invento, si queréis saber mi opinión. —Una gran sonrisa iluminó el rostro moreno de la mujer—. Que Inkañawi, la diosa de la Tierra, os dé la fuerza que necesitáis para comprender su belleza. La Tierra es una anciana sabia, pero en Marte no sabéis lo que es la vejez, la enmascaráis con tratamientos para que no se vea en el cuerpo ni en el rostro, y al hacer eso dais la espalda a los ritmos de la vida. Claro que... no es culpa vuestra. Disculpad mi falta de cortesía. La vieja Inkañawi os hará entender. ¿Habéis tenido una buena travesía, Iva? ¿Has saludado de mi parte a las abejas de Yarapa?

—Sí y sí —contestó Iva—. Las abejas prosperan y todos las respetan en Yarapa. —Se volvió hacia nosotros—. Es uno de los proyectos en los que está trabajando Tukupi, la recuperación de insectos polinizadores naturales. Aunque, de momento, no podemos llevarlos a todas partes como nos gustaría...

—Bueno, todo llegará —dijo Tukupi—. Mientras tanto, seguiremos con los microrrobots polinizadores. Yo me encargo de ellos, ¿sabéis? Los envío a misiones por todo el mundo. No os hacéis idea de la cantidad de áreas que hemos reforestado con su ayuda. Llevamos muchos años, pero es una labor lenta...

—Es una de las misiones más antiguas de la red Jungla —explicó Iva—. Recuperar áreas para la vegetación es la base para muchas otras misiones que vienen después. Me los llevo, Tukupi. Quiero presentarles a Mariluz.

Dejamos a Tukupi sentada de nuevo delante de su torno y salimos de su choza. Iva nos guio hasta una escalera de cuerda que colgaba de una rama altísima. Sol la miró con miedo.

—No te preocupes, no te caerás —dijo Iva—. La cuerda está recubierta de un polímero que se adherirá a tus manos, aunque no notes una sensación pegajosa. Vamos, iré yo delante.

Pensé que el tacto de la cuerda sería áspero y desagradable, y que me haría daño al colgarme de ella para darme impulso, pero no fue así. La cuerda era suave y se aplastaba bajo tus dedos, atrapándolos sin molestarte hasta que decidías soltarla para aferrarte a ella un poco más arriba. Resultó muy sencillo subir, incluso para Sol.

Al final de la escalera había una plataforma con una cabaña de madera. Por la ventana vimos varias pantallas iluminadas sobre una pared y una mujer que las vigilaba con atención.

Iva llamó a la puerta con suavidad.

—Mariluz, ¿estás muy liada? Quería presentarte a nuestros invitados, pero podemos venir luego...

La mujer se levantó y avanzó hacia nosotros con un gracioso contoneo de sus anchas caderas. Su piel, la más oscura que he visto jamás, contrastaba de un modo curioso con su vestido de flores azules.

—Ray y Sol —dijo con una voz grave y musical—. ¡Os esperábamos! Sabemos que no habéis venido aquí por voluntad propia, pero Jungla os necesita y, si los ríos han querido traeros hasta nosotros, por algo será. Por algo será... Estaba monitorizando una descarga de lluvia en Sicilia. Un ligero desvío de una borrasca, nada invasivo. No podemos permitirnos otra sequía en la zona...

—Mariluz es climatóloga. Viene de Puerto Rico. La aldea de la costa de donde era originaria su familia ya no existe. El mar se la tragó. El nivel de los mares ha subido mucho en los últimos doscientos años. Ahora se está frenando.

Mariluz elevó las manos hacia el techo, en un gesto de resignación.

—Lo perdido, perdido está. Hay mucho que salvar todavía, y en eso estamos. Yo dirijo la división climática de Jungla. Somos la unidad más numerosa del grupo, tenemos cientos de agentes en todo el planeta. Actuamos en muchos frentes: capturando y almacenando carbono en formaciones geológicas subterráneas, por ejemplo... Ya sabéis, para reducir los niveles de dióxido de carbono en la atmósfera.

—¿Eso se puede hacer? —preguntó Sol con los ojos muy abiertos.

—Lo estamos haciendo —contestó Mariluz asintiendo varias veces con la cabeza—. También hemos modificado genéticamente algunas bacterias para que absorban y almacenen CO_2. Y tenemos sistemas de control a gran escala de las diferencias atmosféricas de presión que nos permiten, por ejemplo, quitarle intensidad a un huracán, cambiar su trayectoria, llevar una masa de aire húmedo a una zona donde hace tiempo que no llueve... Son muchos frentes abiertos.

—No creo que en Marte exista la tecnología para hacer esas cosas —me atreví a decir.

—En Marte no hace falta. Su atmósfera terraformada es un sistema muy sencillo comparado con el de la Tierra. Y los sistemas de reciclaje del vapor atmosférico impiden la formación de nubes. Una atmósfera de lo más aburrida, en mi opinión. Aquí, en cambio, no vivimos para sustos. La emoción está asegurada. No digo que lo controlemos todo, todavía se nos escapan muchas cosas, pero estamos en el camino. Y, cuando el proyecto Blancanieves arranque por fin, será un paso de gigante...

—¿Qué es el proyecto Blancanieves? —preguntó Sol.

—Queremos instalar una red de espejos orbitales para reflejar parte de la radiación solar que llega a la Tierra. Así podremos reducir el calentamiento de la atmósfera —replicó Iva—. Todavía es solo un proyecto, están estudiando su viabilidad. Uno de los problemas es que algo tan ambicioso no pasaría desapercibido para las autoridades marcianas. Y ahí es donde entra en juego nuestro departamento de camuflaje. Venid, os presentaré a su ingeniero jefe, Samuel Adebayo.

—A estas horas lo encontraréis en el casino con sus hijas —dijo Mariluz—. Les está enseñando una danza nigeriana que él aprendió de su abuela.

Por lo visto, el casino era una instalación multiusos que los habitantes de la base utilizaban para reunirse, hacer fiestas, entrenar, dar cursos... Tuvimos que acceder por una red de puentes colgantes que nos fue llevando de un árbol a otro hasta la plataforma donde se encontraba.

Samuel era un hombre alto y musculoso en comparación con sus dos hijas, unas gemelas que no tendrían más de siete años terrestres. Todos llevaban pantalones vaqueros y camisetas de algodón de distintos colores. Se movían al ritmo de una música que nosotros no podíamos oír, porque a ellos les llegaba a través de unos microauriculares.

Cuando nos vio, Samuel les hizo un gesto a las niñas para que siguieran ensayando los pasos, se sacó los auriculares de las orejas y, después de guardárselos en un bolsillo, vino hacia nosotros.

—Los marcianos —saludó, serio—. Bienvenidos. Debéis de ser gente de bien si Jungla os ha traído hasta aquí y ha decidido confiar en vosotros.

—Les he dicho que eres el responsable de camuflaje de la organización —dijo Iva—. Samuel ha puesto en marcha algunas ideas superingeniosas para que nuestras actividades no sean detectadas.

—Bueno, es una labor de equipo. Aquí hacemos mucho trabajo interdisciplinar, y de todo eso salen cosas. Por ejemplo, el sistema de encriptación de mensajes que usamos ahora... no habría sido posible sin la colaboración con los cuánticos. Si venís conmigo, os enseño el laboratorio de comunicaciones y os explico un poco nuestro proceso de encriptado. Niñas, seguid practicando el paso de la leona, ¡cada vez lo hacéis mejor! Vuelvo enseguida.

Samuel nos llevó hacia un tronco grueso y nudoso en el extremo de la plataforma. Resultó que estaba hueco y contenía un estrecho ascensor. Nos metimos en él los cuatro y Samuel accionó una mano en el aire para dar las instrucciones. El ascensor comenzó a bajar.

Estuvimos descendiendo un buen rato. El laboratorio al que íbamos debía de encontrarse oculto a gran profundidad bajo la selva. Cuando nos detuvimos y la puerta se abrió, salimos a unas instalaciones débilmente iluminadas, con muchos ordenadores y máquinas extrañas bajo una bóveda de color tierra. Varios robots de estructura humanoide se encontraban sentados delante de las pantallas.

—Aquí es donde ciframos los mensajes —explicó Samuel—. Utilizamos un sistema de comunicación encriptada cuántica con entrelazamiento de partículas. Lo que hacemos es crear pares de partículas entrelazadas y cada par se divide entre dos dispositivos de comunicación. Cuando una de las partículas cambia de estado, la otra cambia también instantáneamente, aunque esté a una gran distancia. Eso se debe al entrelazamiento cuántico, ¿habéis oído hablar de él?

—Algo —dijo Sol—. Mi padre nos habló sobre eso una vez, pero me pareció tan raro que no me lo creía del todo.

Samuel asintió sonriendo.

—Sí, es una de las propiedades más asombrosas de la materia. Rara, desde luego, pero está ahí, y se conoce desde el siglo XX. El caso es que, gracias a esa «unión» entre las partículas, los dispositivos pueden intercambiar información sin tener que usar los canales habituales. La transmisión es instantánea. Y, si alguien llegase a detectarla, destruiría el entrelazamiento, con lo que nos daríamos cuenta de inmediato.

—No sé nada de física cuántica, pero suena muy bien —admití—. ¿En Marte no tienen esto?

—No, Ray. Supongo que no les hace falta. El otro campo en el que trabajo es un poco más fácil de entender, me parece. Se trata de un sistema de camuflaje para ocultar nuestras bases a los satélites y a cualquier dron que sobrevuele la selva. Lo hacemos con metamateriales holográficos. Son unas estructuras con unas propiedades ópticas únicas que permiten proyectar imágenes tridimensionales del entorno. O sea, que, si alguien mira hacia abajo, hacia nuestra base, lo que ve son los reflejos de la jungla a nuestro alrededor. Y es un sistema dinámico... Se adapta a las condiciones ambientales, a los cambios debidos al crecimiento de las plantas... Esto, junto con los sistemas de absorción de señales de radar y de reducción de la firma térmica, nos vuelve prácticamente indetectables para los marcianos.

—Os habéis tomado muchas molestias para que en Marte no sepan nada de vuestras actividades —dije—. Pero ahora nos traéis aquí... ¿Por qué?

Samuel e Iva intercambiaron una mirada.

—Tenéis derecho a preguntar. Pero nosotros no podemos contestar a esas preguntas —dijo Iva—. La única que puede hacerlo es R... Será mejor que os lleve hasta ella.

14

Nos internamos un poco más en la selva. El ramaje de los árboles formaba una bóveda sobre nuestras cabezas. Estaba tan oscuro que apenas veía por dónde íbamos. Iva caminaba delante de nosotros y sus pisadas se oían menos que las nuestras.

El túnel de árboles nos condujo a un espacio redondo y fresco. Al mirar hacia arriba me sobresalté. Se veía el firmamento en todo su esplendor, las estrellas más nítidas que nunca, y tan numerosas... ¿Qué había pasado? ¿Cuándo habíamos dejado atrás la selva?

—La casa de R es un planetario —susurró Iva—. Estará con sus mariposas. Se pasa casi todo el día en ese jardín. Pero sabe que estamos aquí, vendrá enseguida.

Sentí un peso en la boca del estómago y el corazón se me aceleró. La travesía por la selva había sido una aventura maravillosa, pero habíamos llegado al final. Y el final era aquella guarida ultratecnológica a la que nos habían llevado secuestrados. En realidad, nunca habíamos dejado de ser prisioneros.

Noté la mano sudorosa de Sol en la mía. Ella también estaba asustada.

—¿Quién es esta gente? —la oí murmurar.

Antes de que pudiera contestarle, se abrió una cortina en el extremo opuesto del círculo y un haz de luz dorada atravesó la sala. Entró una mujer que se movía con pasos vacilantes. Era muy alta, pero avanzaba encorvada, como los ancianos que habíamos visto en Yarapa.

—Ray. Sol. Estáis aquí —dijo con una voz ronca, pronunciando las palabras con la entonación cantarina de la región marciana de Tyr, la nuestra—. Menos mal, tenía miedo de que no soportaseis el viaje.

A contraluz, apenas se le distinguía la cara, pero, por su estatura y la forma estilizada de su cuerpo, deduje que era de origen marciano. Nos señaló una alfombra con cojines junto a la pared de tierra. En el centro brillaba un recipiente de color cobre con muchos agujeros que filtraban el resplandor rojo de algo que ardía en su interior.

—Sentémonos aquí. No os entretendré mucho hoy, estaréis muy cansados. Iva, y tú... Dame un abrazo, querida. ¡Te agradezco tanto que me los hayas traído!

Iva y la mujer se fundieron en un abrazo muy largo. Cuando se separaron, Iva sonreía con cara beatífica. R, más alta, seguía medio sumida en la penumbra.

Nos sentamos los cuatro sobre la alfombra con las piernas cruzadas, y solo entonces la luz iluminó de lleno su rostro. La mano de Sol se puso rígida en la mía. Tardé solo un par de segundos en entender por qué.

Aquella cara no la habíamos visto nunca, pero era fácil reconocer en ella algunos rasgos muy familiares. Los labios risueños y carnosos, los ojos rasgados, con los iris grises moteados de negro... Era como estar viendo los ojos de mamá.

—R... de Rebeca —acerté a balbucear.

Sol se agarró con fuerza a mi brazo.

—¿La abuela? No es posible. Está muerta.

La anciana nos miró turbada. Por lo visto, también para ella se trataba de un momento difícil.

—Sois tal y como me decía Hugh. No nos escribíamos casi nunca. Demasiado peligro. Sé que murió hace unos meses.

—Fue una transición —dijo Sol con voz temblorosa.

En Marte no nos gusta emplear la palabra *muerte* para el final programado de una vida feliz. No creemos que sea exactamente lo mismo.

—Su transición, quería decir —se corrigió Rebeca—. Llevo tantos años en la Tierra que olvido las cosas. Hugh os quería mucho. Antes de la... transición, se las arregló para mandarme un último mensaje. Fue muy arriesgado por su parte. Se lo agradeceré siempre. En cierto modo, gracias a ese mensaje estáis vosotros aquí.

Era demasiada información para asimilarla de golpe. ¿El abuelo Hugh? ¿Nuestro abuelo Hugh se había puesto en contacto con su mujer, que, según nos dijo siempre, estaba muerta, antes de transicionar? ¿Y para qué? ¿Se había pasado toda su vida mintiéndonos, ocultándonos información?

—Sé que hicisteis una excursión con él al Monte Olympus antes del rito final —continuó Rebeca—. Me contó que visteis el fuego. A veces sueño con aquellas hogueras marcianas, redondas y silenciosas. Como el planeta. Aquí el fuego es deslenguado y festivo. Peligroso también. —Levantó la tapa del recipiente de cobre. En el fondo había unas piedras incandescentes, rojas—. Aquí parece domesticado, unos tizones, un rescoldo. Pero un poco de viento en la mala dirección y podría terminar con la selva entera.

—No digas esas cosas, Rebeca —intervino Iva, riendo—. Van a pensar que hablas en serio. Estamos en el sitio más avanzado del planeta, esa clase de accidentes no pueden ocurrir.

—Es avanzado para la Tierra, sí —contestó la abuela—. Pero no tiene nada que ver con la tecnología a la que ellos están acostumbrados en Marte. Alguna vez me gustaría que vieras Marte, Iva. Es un planeta hermoso. Silencioso, frío, delicado. Bosques violetas que descienden por las laderas hasta las playas rojas y el mar de color plata. El horizonte siempre demasiado cerca. Una pequeña obra de arte humana. Me gustaría que pudieras ir.

—Allí no dejan ir a los terrícolas, está prohibido. Y, de todas formas, no tengo ningún interés. —Iva se volvió a mirarme con una sonrisa radiante—. ¿Ves como te dije la verdad? Podíais fiaros de mí. ¡Rebeca es vuestra abuela!

—Pero no entiendo —dijo Sol—. ¿Por qué el abuelo siempre afirmó que estabas muerta? ¿Mamá sabe que estás viva?

—No, claro que no. Tuvo que mentirle incluso a ella. Fue muy duro para él. Podría haberse quedado aquí conmigo. Podríamos haber vivido juntos aquí los tres... Pero Hugh no quiso. La única condición que me puso para guardarme el secreto fue que renunciase para siempre a ver a mi hija Eliana. Y cumplí mi promesa mientras él vivió. Desde luego que la cumplí. Hugh pagó un precio muy alto para protegerme. Tuvo que renunciar a conectarse a Pansophos, que era para lo que se había preparado toda su vida. Si se hubiera conectado, no habría podido ocultar la verdad. Esa cosa medio inhumana se la habría sacado en los primeros cinco minutos.

—Por eso renunció a Pansophos —repetí, más para mí mismo que para que me oyesen—. No le pegaba lo del cinturón de asteroides. Siempre lo pensé. No le pegaba nada.

—Abandonaste a tu marido y a tu hija pequeña. —La voz infantil de Sol sonó herida, incrédula—. ¡Les estropeaste la vida! ¿Por qué lo hiciste?

Rebeca se reclinó en los cojines azules y dorados que tenía a su espalda y clavó una mirada inquisitiva en Sol.

—Pensé que, a estas alturas, ya lo habríais entendido. Habéis llegado hasta aquí a la manera antigua, habéis tardado días y noches. Pensé que os daría tiempo a enamoraros de las ceibas, de los ríos oscuros, de la explosión de colores de los guacamayos, del canto de los grillos... Pensé que llegaríais aquí enamorados de la selva y que ya no tendría que explicaros nada.

Se hizo un breve silencio. Un antiguo robot en forma de bandeja con ruedas nos trajo una tetera humeante y cuatro vasos de cristal con el borde dorado. El humo olía a canela y a algo dulce y frutal. Rebeca levantó la tetera por el asa y, con pulso tembloroso, vertió un chorro de infusión en cada uno de los vasos.

—¿Eso fue lo que te pasó a ti? ¿Te enamoraste de la selva? —pregunté.

—De la belleza de la selva, sí. Pero, sobre todo, me enamoré de la libertad. Hugh esperó todo lo que pudo, intentó hacerme entrar en razón. Tardó años en convencerse de que no era un capricho pasajero, de que no volvería. ¡Pobre Hugh! Él desconfiaba de la libertad. A los marcianos no se nos educa para eso.

Sus ojos grises se encontraron con los míos. Me estremecí. ¡Se parecían tanto a los de mi madre!

—Sé que no es fácil de entender, pero lo hice por ella. Por mi pequeña Eliana. Para que, un día, ella también pudiera elegir.

Bebió con tranquilidad un sorbo de su infusión. Intenté imitarla, pero la bebida estaba demasiado caliente y solo conseguí quemarme la lengua y el paladar. Me di cuenta de que Iva espiaba mis reacciones y las de Sol. No debía de estar preparada para una situación como aquella.

—Entonces, ¿lo preparaste tú todo desde el principio? —preguntó Sol—. ¿Que a papá le asignaran la misión de Pansophos, que viniésemos todos aquí?

—Bueno... No exactamente. Sabíamos que Pansophos iba a enviar observadores. Influimos lo justo para que lo eligiesen a él. Terra Rustica también fue una aportación nuestra. Los marcianos están tan seguros de sí mismos, desprecian tanto la Tierra, que ni siquiera se molestan en tomar precauciones cuando se trata de nosotros. En este caso, nos ha venido bien.

—Y nos has hecho venir para conocernos —concluí.

Rebeca ladeó un poco la cabeza, como sopesando mi afirmación.

—Eso también —dijo—. Por supuesto, en lo personal es la parte más emocionante. Y, quizá, ver a Eliana. Ojalá pueda ser.

—No lo has hecho por nosotros —murmuré lentamente.

La abuela arqueó un poco las cejas como lo hace mi madre cuando se impacienta.

—No lo simplifiques todo. Solo podía hacerlo con vosotros. Pero hay más en juego. No podemos permitir que tu padre revele a Pansophos hasta dónde hemos llegado. Podría poner en peligro todo lo que Jungla ha construido hasta ahora. Tenemos que impedirlo.

—Pues, si lo que querías era que no se supiera nada de vuestras actividades, ¿para qué nos habéis traído aquí y nos habéis revelado vuestro secreto? No lo entiendo —dije.

—Para que entendieseis de verdad lo que hacemos. Para que conozcáis la belleza de este planeta. ¿Quiénes mejor que vosotros para convencer a vuestro padre de que esta labor no puede ponerse en peligro? Sois los más indicados.

—Quieres que se lo contemos y le convenzamos para que lo oculte todo —dijo Sol—. ¿Es eso?

—Es eso, sí. Pero no solo —contestó la abuela—. Nuestros esfuerzos han logrado mucho, pero algunas batallas todavía están por librar. Y, para ganarlas, necesitamos energía barata y segura. Algo que no tenemos... Y que Pansophos tiene, aunque en Marte nunca se ha llegado a utilizar. Necesitamos la tecnología SCEQ. La necesitamos urgentemente y, si no la conseguimos, todo lo que hemos logrado hasta ahora se terminará perdiendo.

—No sé qué es la tecnología SCEQ —admití.

Iva me miró incrédula.

—¿No lo sabes? Son las iniciales de Sistema de Captura de Energía Cuántica.

—Según la teoría cuántica, el espacio vacío no está vacío de verdad —explicó Rebeca—. Contiene partículas virtuales que aparecen y desaparecen constantemente. Estas partículas son el resultado de las fluctuaciones cuánticas. Y resulta que esas fluctuaciones generan energía. El SCEQ es una tecnología que permite extraer y almacenar la energía generada en esas fluctuaciones detectando y capturando las partículas virtuales que generan antes de que desaparezcan. Después, esa energía se puede transformar en electricidad.

—No entiendo nada, pero me suena a locura imposible de ciencia ficción —opiné.

Rebeca se encogió de hombros.

—A lo mejor estás en lo cierto. Pero tenemos motivos para creer que Pansophos ha conseguido desarrollar un prototipo SCEQ. Y lo queremos. Lo necesitamos para salvar la Tierra. Tu padre es parte de Pansophos, pero también es un buen hombre, según tengo entendido. Vuestra misión es convencerle de que colabore y se ponga de nuestro lado. Él tiene acceso al prototipo y a todos los detalles del proyecto. Solo tiene que dárnoslos... Después, si queréis, podréis volver a Marte y seguir con vuestra vida como si todo esto no hubiese sucedido jamás.

15

 La abuela quería que Sol y yo nos instalásemos en la casa del planetario, como llamaban a aquel complejo medio subterráneo donde nos había recibido y donde ella misma vivía, aunque también se usaba para las reuniones de la comunidad y para algunas investigaciones. Sol dijo enseguida que sí. Yo, en cambio, no lo tenía tan claro. Rebeca se dio cuenta de mis dudas.

—Quieres alejarte para sentirte libre —me dijo con una sonrisa un poco triste en su arrugado rostro—. Lo entiendo, y me parece bien. Necesitas reflexionar sobre todo lo que os he contado. Vete con Iva, tómate tu tiempo y, cuando estés listo, contactaremos con tu madre. Podría hacerlo yo, podría haberlo hecho desde el minuto en que entrasteis los cuatro en el complejo Prometeo, pero prefiero que seáis vosotros. Ella os escuchará. Así que tranquilo, esperaremos.

El resultado fue que Sol se quedó con la abuela mientras yo acompañaba a Iva a su pequeña cabaña en los árboles. Y cuando llegué me di cuenta de que lo de «pequeña» no era solo un adjetivo cariñoso. Era realmente diminuta, como una tienda burbuja de las que se utilizan en Marte para las acampadas.

Eso implicaba compartir con Iva una cercanía para la que no estaba preparado. Y creo que ella tampoco. Se la veía tensa y más distante que durante el viaje. Creo que no se esperaba aquella decisión de Rebeca. Yo me sentía un poco culpable por imponerle mi presencia.

—Van a traer un saco de dormir para ti. Lo pondremos ahí —dijo, señalando un rincón a dos metros de su propia cama—. La verdad es que no paso mucho tiempo aquí dentro, solo uso la cabaña para dormir. Casi todo el tiempo estoy en el porche. Cenaremos ahí, ¿te parece? Tengo queso de anacardos y fruta.

El porche era un balcón de madera bastante amplio construido sobre las ramas de un árbol. Había un par de butacas de madera, una mesa baja y un fogón con una bombona de biogás. Cuando salimos, ya había oscurecido por completo. Allá arriba, al menos, podíamos ver entre las ramas el cielo estrellado. Iva encendió una vela que desprendía un humo de olor intenso y medicinal. Me dijo que era citronela para ahuyentar a los mosquitos.

El queso de anacardo tenía una textura pastosa similar a la de un queso tierno normal. Sabía bastante bien. Las frutas eran muy variadas, pero yo no conocía el nombre de ninguna. Tampoco lo pregunté. Tenía otras cosas en las que pensar.

Estuvimos callados durante toda la cena. Iva entró a la cabaña para dejar el queso sobrante y regresó con un cuenco de nueces partidas. Lo dejó sobre la mesa y se sentó con un gesto delicado. Nuestras miradas se encontraron.

—Puedes fiarte de Rebeca —dijo con suavidad—. Es la persona más generosa y noble que he conocido nunca. Si no fuera por ella, yo probablemente ya me habría muerto de un cáncer o algo parecido. Es lo que les pasa a muchos de los niños que trabajan en los vertederos tecnológicos.

—Ya. Entiendo que le estés agradecida. Pero abandonó a mi madre y a mi abuelo... Y no acabo de entender por qué, qué era tan importante.

Iva frunció el ceño. Distinguí su expresión de disgusto a la luz de la vela.

—¿Cómo que no? Tú mismo lo has visto estos días. ¿No te parece importante salvar este lugar, este planeta?

—Sí, claro. Pero ¿por qué tenía que ser ella? ¿No podía hacerlo otra persona? Abandonó a su hija, era una niña pequeña.

—Oye... No conozco los detalles, pero seguramente no tuvo elección. Una vez que se implicó, habría sido más arriesgado para su hija y para todas sus personas queridas que intentase volver a su antigua vida. Con todo lo que sabía, en Marte la habrían torturado..., la habrían destruido.

Me pareció una explicación tan absurda que me eché a reír.

—Pero ¿tú qué te crees que es Marte? —le pregunté—. ¿Una especie de imperio del mal o algo así? Iva, en Marte todo el mundo vive bien. Hay justicia, hay igualdad. Nadie pasa hambre, hay vivienda y comida y entretenimiento para todos. Y educación. Lo que a ti te pasó de pequeña, en Marte no pasa.

—Puede. Pero la gente que lo promueve aquí está relacionada con los poderes marcianos, ¿no lo sabías?

—Eso no me lo creo. Suena a cuento terrestre para dejar a los marcianos en mal lugar.

—¿Me estás llamando ignorante? —Iva levantó un poco la voz, enfadada—. Puede que no haya ido a la escuela y que sea una analfabeta en muchas cosas, pero sé bastante más de la vida que tú.

Sus palabras me sonaron más a queja que a agresión hacia mí. No me las tomé a mal. Era la primera vez que la veía alterada de verdad y, no sé por qué, me hizo sentir bien que me mostrase ese lado frágil. Me pareció una muestra de confianza.

—Iva, hemos tenido vidas muy diferentes —dije, conciliador—. Es normal que tengamos visiones distintas sobre casi todo. Estoy seguro de que tú sabes mucho más que yo sobre las cosas que te importan. Pero, créeme, yo conozco Marte mejor que tú, igual que tú conoces la Tierra mejor que yo. Mira, si a mí me hubiesen contado que la Tierra es la maravilla que yo he visto estos días hace unos meses, no me lo habría creído. A lo mejor algún día yo puedo enseñarte Marte a ti y consigo que lo veas de la misma manera, como un lugar mucho mejor de lo que te imaginabas.

La expresión crispada de Iva se había ido suavizando mientras me escuchaba.

—Si yo no digo que Marte no sea bonito, ni que todos los que viven allí sean malas personas —aclaró—. Pero hay cosas que los marcianos no sabéis sobre vuestro propio gobierno.

—No hay mucho que saber. Es un sistema de gobierno completamente automatizado, basado en la razón y en el bien común.

—¿Y, eso del bien común, a quién incluye? ¿Incluye la libertad de cada persona? ¿Incluye los derechos de los seres vivos, los ecosistemas y las inteligencias artificiales? ¿Incluye a los humanos del cinturón de asteroides o del sistema jupiterino? Ya sabemos que a los de la Tierra no. Para vuestro gobierno, solo somos «recursos». «Recursos humanos». Así nos llaman.

Me recosté en la butaca de madera y miré hacia el cielo. Me gustaba mucho contemplar las estrellas en aquella atmósfera espesa y transparente. Brillaban tanto...

—Me parece que exageras —dije—. No digo que sea un sistema perfecto, habrá fallos... Pero intenta hacerlo lo mejor posible.

—Qué ingenuo eres, Ray. ¿Lo mejor posible para quién? ¿Te lo has preguntado alguna vez? Hay élites marcianas que se enriquecen a costa de vuestro sistema perfecto explotando las minas del cinturón de asteroides y los recursos de todo el sistema solar. Y harán lo mismo con la Tierra si creen que es seguro volver. No podemos dejar que vuelvan, ¿entiendes? Se lo cargarán todo otra vez.

Me volví a mirarla. Sus ojos brillaban con un fuego inteligente y resuelto que nunca había visto en ninguna otra persona. Volvió a asaltarme aquella sensación que ya había tenido en el barco... «Me está pasando algo muy serio con Iva», pensé. Y lo curioso es que no sentí miedo, sino una alegría absurda, infantil.

—Todo irá bien —dije, dejándome arrastrar por lo que Iva estaba despertando en mí—. No dejaremos que destruyan todo esto. No lo permitiremos.

Una sonrisa encantadora iluminó su rostro.

—Ray..., ¿lo dices de verdad? ¿Vas a ayudarnos?

Le devolví la sonrisa. Y estuve a punto de decirle que sí. Claro, ¿por qué no iba a ayudar a mi propia abuela y a la chica que me estaba conquistando el corazón? ¿Por qué no iba a querer ayudar a salvar toda aquella belleza de los ríos, los árboles y las criaturas silenciosas de la selva?

En respuesta a esas preguntas, vi mentalmente la figura en camiseta de mi padre aturdido, con esa cara que se le pone cuando acaba de desconectarse de Pansophos. Mi entusiasmo se enfrió de golpe.

No podía hacerlo. Iva y Rebeca creían que era muy sencillo, que podía pedirle a mi padre que nos diera la información que necesitaban sin más. Pero yo sabía lo que implicaba aquello.

—Si mi padre decidiese colaborar con Jungla y daros esa información que queréis sobre la tecnología SCEQ, lo desconectarían de Pansophos y lo matarían. Ellos lo llaman «poda neuronal». Los nódulos peligrosos para toda la red se eliminan. No le daría tiempo a pasaros ningún dato, ¿entiendes? Pansophos detectaría sus intenciones y lo desconectaría antes.

—Pero tiene que haber alguna manera de hacerlo. Tu abuelo, según nos ha contado Rebeca, se desconectó, y mantuvo su secreto guardado durante años y años sin que nadie le molestara, el secreto de que su mujer en realidad estaba viva. Si él pudo hacerlo...

—Oye, no tengo ni idea de cómo lo hizo, pero, de todas formas, los tiempos han cambiado. Pansophos duplica su poder de computación cada seis semanas marcianas. Es mucho más poderoso ahora que en la época de mi abuelo. No hay ninguna forma de engañar a esa red. Y no voy a permitir que mi padre se sacrifique inútilmente. Ni aunque fuese útil. Tampoco así lo permitiría.

—¿Y no crees que eso lo debería decidir él mismo? Cuando está desconectado, claro...

—Incluso cuando está desconectado, una parte de su mente sigue siendo Pansophos —expliqué—. Ni siquiera yo lo entiendo muy bien. Nunca sé qué parte de mi padre es realmente mi padre y cuál es Pansophos. Creo que solo mi madre es capaz de distinguir las dos partes...

—Pues, entonces, cuéntaselo a ella. Es lo que quiere Rebeca, que hables con tu madre. Ella es la más indicada para decidir qué es lo que hay que hacer. Y, además, tiene derecho a saber que su madre está viva, ¿no?

—No sé. Supongo —dije.

La verdad es que no entendía por qué Rebeca no podía contárselo todo a mamá directamente. ¿Por qué quería utilizarnos a nosotros, a Sol y a mí? Era demasiada responsabilidad...

En ese momento me acordé de cuando Iva nos hizo subir al avión en Cayena, del arma con la que nos apuntaba, de su mirada inexpresiva y dura... ¡No estábamos en medio de la selva por voluntad propia, nos habían secuestrado! ¿Por qué tenía que confiar en aquella gente? ¿Y si Rebeca no era realmente mi abuela? ¿Y si todo era un cuento para manipularnos y obligarnos a colaborar?

—Puedes hacer lo que quieras. No tienes por qué ayudarnos —dijo Iva, como si me hubiese leído el pensamiento—. Pero hay una cosa que Rebeca no te ha dicho y que deberías saber. No solo tenemos enemigos en Marte. También hay gente en la Tierra que quiere destruirnos. Forman una asociación que se llama Nacht... Vienen a por nosotros, Ray, y, si no conseguimos un poco de ayuda, acabarán con Jungla y con todo lo que hemos hecho. Nos borrarán de este planeta. Es una guerra. O ellos o nosotros... ¿De verdad no sabes qué bando elegir?

16

 En cuanto me trajeron la colchoneta y me tumbé sobre ella me quedé dormido, pero en mitad de la noche me desperté sudando. Debía de haber tenido una pesadilla, aunque no la recordaba. Hacía tanto calor y la humedad era tan alta que sentía que me faltaba el aire. Tenía el pelo pegado a la nuca y a las sienes por el sudor.

A dos metros de mí, Iva descansaba plácidamente. Su respiración era tan rítmica y serena que parecía música. A través de la mosquitera de tul, intenté distinguir el contorno de su cuerpo. Cuando mis ojos se acostumbraron a la penumbra se dibujó ante mí la silueta negra de sus piernas encogidas bajo las anchas caderas, su frágil cintura, la línea elegante y alargada de su cuello, rota a la mitad por un mechón de cabello que le caía sobre el rostro... Sentí el impulso de acercarme a apartar aquel mechón de su frente y, al hacerlo, solo por unos segundos, acariciar su piel desde la oreja hasta el hombro...

No. No debía hacerlo. ¿Qué pasaría después? Algo maravilloso, a lo mejor. Y muy complicado. De eso estaba seguro.

Mejor no. Era muy mala idea...

Aparté la mosquitera, me incorporé todo lo que pude (la cabaña era demasiado baja y tenía que caminar agachado) y salí a la plataforma del porche. Desde allí, me descolgué por las escaleras de cuerda hasta llegar al suelo. Quería ver a Sol. Aunque había olvidado la pesadilla, estaba seguro de que tenía que ver con ella. Era muy pequeña todavía, y la había dejado sola en la casa de aquella desconocida que afirmaba ser nuestra abuela. Debía de estar muy asustada, la pobre. No debería haberme alejado de ella ni un segundo...

Pensé que me encontraría algún tipo de vigilancia en la casa del planetario, quizá algunos de esos androides antiguos que parecían salidos de un videojuego, pero no había nadie. A lo mejor había microcámaras de vigilancia flotando en el polvo de los rincones... Más allá de los árboles, en alguna parte, el sol debía de haber salido ya, y el cielo aparecía teñido de un rosa intenso que en Marte no había visto nunca. Bajo la cúpula del planetario, aquel resplandor rosado bañaba la alfombra con cojines donde nos habíamos sentado la víspera. Me quedé indeciso mirando los arcos que conducían a otras habitaciones del complejo. No tenía ni idea de por dónde tirar.

Y, justo entonces, vi a Sol al fondo de uno de aquellos arcos, columpiándose en una mecedora con un libro de papel entre las manos. Era una imagen tan rara que por un momento dudé de que fuera real. Y ese fue el instante en el que Sol levantó la vista del libro y me miró.

Ella tampoco debía de haber dormido mucho. Tenía lunas moradas bajo los ojos, pero parecía relajada y sonreía. Me hizo señas con los brazos para que me acercase. Atravesé el corredor en sombras que nos separaba y, al llegar junto a ella, algo me impulsó a arrodillarme junto a la mecedora para darle un abrazo.

Se echó a reír, sorprendida.

—¿Qué te pasa, Ray? —preguntó.

No sabía qué contestar.

—Pensé que a lo mejor estabas mal, que tendrías miedo... Tuve una pesadilla. ¿Estás bien?

—Sí. Es muy raro. Ayer después de la cena me quedé más de una hora hablando con la abuela. ¡Todavía no me lo creo! Es como magia.

—Sí. Yo también lo estaba pensando. Demasiado mágico, ¿no te parece? No sé qué pensar, Sol... ¿Y si es todo mentira?

Los ojos de ámbar de mi hermana se clavaron en los míos con sorpresa.

—¿Si es mentira qué? ¿Que Rebeca es nuestra abuela?

—Por ejemplo.

—ES nuestra abuela, Ray. Ven conmigo... Te lo voy a demostrar.

Se levantó de la mecedora y yo también me incorporé. Hasta ese momento no me había fijado en la habitación que nos rodeaba. Era una biblioteca de libros antiguos. Olía a papel y a polvo. Reconocí esos aromas porque suelen aparecer en las criptas secretas de algunos holojuegos, aunque en la Tierra son mucho más intensos.

Los libros parecían muy antiguos. Algunos tenían las encuadernaciones tan desgastadas que los títulos se habían borrado. Estaban alineados en vertical en altas estanterías de madera. Delante de los libros, aquí y allá, había algunos adornos: pequeñas esculturas, frascos de cristal y fotos en dos dimensiones enmarcadas.

Sol se fue directamente hacia una de ellas. Era poco más grande que su mano y tenía un marco que parecía de acero. Dentro del marco se veía una foto bidimensional protegida por un rectángulo de cristal. La habían tomado en los acantilados rojos a las afueras de Tyr. En el centro se veía a una mujer joven y esbelta que le daba la mano a una niña un poco más pequeña que Sol..., ¡y con una cara prácticamente idéntica a la suya!

—¿Es mamá? —pregunté, asombrado.

—Sí, es mamá con la abuela. Siempre dice que se parecía mucho a mí de pequeña, pero ¿a que nunca habías visto una foto de entonces? El abuelo no tenía ninguna, supongo que por seguridad.

—Podría ser una falsificación —dije, poco convencido.

—No lo es. Ya te he dicho que ayer hablé mucho con ella. Conoce a mamá mejor que nadie. Sabe que no soporta el helado de ymir ni las bombas de chocolate amargo que se comen en las fiestas de la Larga Noche. Sabe que el abuelo tenía decidido ir a ver el Monte Olympus por última vez antes de la transición. Y que mamá no pasó los exámenes genéticos para unirse a Pansophos... porque los falsificaron. Por precaución, dice. Ya ves si sabe cosas.

—Pero eso no lo sabe ni siquiera mamá... Podría ser mentira.

—¡No es mentira, Ray! El abuelo le mandaba holomensajes. Me enseñó uno de los últimos. Le hablaba de nosotros. Es de hace bastante tiempo, yo era solo un bebé... Pero era el abuelo, te aseguro que no estaba falsificado.

Acaricié distraído los lomos de unos libros mientras Sol dejaba la fotografía en su sitio. Las encuadernaciones eran ásperas, no reconocí el material.

—En el mensaje, el abuelo también hablaba de alguien llamado Bruno. Le preguntaba a la abuela si Bruno seguía enamorado de ella. Y su tono era raro, una mezcla de burla y tristeza... Le pregunté a la abuela quién era Bruno. Ella se puso tensa, me miró con una cara... Dijo que Bruno era el enemigo. Uno de los cerebros de Nacht.

—Nacht es la organización de la que nos habló —recordé—. La que quiere acabar con Jungla. ¿Y uno de sus jefes estaba enamorado de la abuela? Vaya historia. ¿No te contó nada más?

—Le pregunté si era verdad. Se encogió de hombros y dijo que «eso creía». Y bueno... yo seguí preguntando. Quería saber si ella había sentido lo mismo alguna vez. Pensé que se iba a enfadar cuando hice la pregunta, pero no. Me miró pensativa y me dijo: «No lo sé. Ya no me acuerdo de lo que sentía. Eso fue hace mucho. Ahora es el enemigo, y basta».

—Todo eso me suena fatal —opiné—. Es una guerra en la que se mezclan cosas personales... Y ella quiere meternos a nosotros por el medio. A papá, sobre todo... No podemos pedirle que colabore, Sol. Sería muy peligroso para él. Pansophos podría..., ya sabes.

No quería decir en voz alta lo que le pasaría si dábamos aquel paso, pero Sol me entendió de todas formas.

—Se lo diremos a mamá y que ella decida —contestó—. Es lo que quiere la abuela. Mamá no pondrá en peligro a papá, no te preocupes. Ella sabrá qué es lo mejor.

No encontré ningún buen argumento para oponerme a la idea. Me encogí de hombros.

—¿Y cómo lo hacemos? —pregunté.

Casi tenía la sensación de ser yo el hermano pequeño.

—Creo que la abuela lo tiene todo listo. Está en su jardín de mariposas. Es un sitio... No te lo puedes ni imaginar.

—¿Has entrado?

La incredulidad de mi tono hizo sonreír a Sol.

—Ya. Ni yo misma me lo creo —dijo—. Pero sí, entré con ella. Al principio gritaba cada vez que se me acercaba una de esas cosas con alas. ¡Están vivas, Ray! No son robots, ¡son animales de verdad! La abuela me dijo: «Puedes gritar si quieres. Es normal, no estás acostumbrada. Grita todo lo que quieras, pero mira lo bonitas que son». Y en unos minutos, Ray, me olvidé de gritar. Solo las miraba. Parecen flores voladoras. Las hay azules y de un color fucsia violento, y otras tienen manchas de formas extrañas en las alas, y vistas de cerca parecen monstruos con ojos como bulbos y una trompa en la boca... Pero son perfectas.

La seguí por el corredor y a través de la sala del planetario hasta una cortina de cuentas de cristal ensartadas en largas tiras que tintinearon cuando mi hermana las apartó. Salimos a un jardín circular protegido por una empalizada de madera. Dentro había enormes flores de colores intensos, tan extrañas que parecían dibujadas por una inteligencia artificial. Y entre las flores revoloteaban cientos de mariposas.

Yo también chillé un par de veces cuando se me acercaron demasiado a la cara en su vuelo. Todo era intenso: el olor de las flores, tan dulce que casi recordaba la podredumbre de los huertos abandonados en las casas más antiguas de Tyr, y los azules, rosas, amarillos y fucsias de las mariposas, el verde profundo de las hojas, el rumor de agua de la fuente de piedra...

Rebeca estaba sentada junto a la fuente. Cuando se levantó, pude admirar por primera vez su alta silueta marciana. A pesar de haber envejecido como una mujer terrícola, seguía siendo muy guapa. Y sí, allí, a la luz rosada del amanecer, se notaba perfectamente su parecido con mi hermana y con mi madre.

Vino a nuestro encuentro con una sonrisa interrogante en los labios. Una enorme mariposa blanca con lunares rojos y negros en las alas se posó en su melena de largos bucles grises, justo por encima de su oreja derecha. Se quedó allí un momento y luego salió volando.

—Ray... Me alegro de que hayas venido. ¿Lo habéis hablado entre vosotros? ¿Qué habéis decidido?

—Hablaremos con mi madre —dije—. ¿Tú también quieres hablar con ella?

Rebeca parpadeó. Seguía sonriendo, pero en sus ojos brillaban las lágrimas.

—No, no. Todavía no estoy preparada —dijo—. Ya habrá tiempo. Espero que haya tiempo. Pero, ahora, es mejor que seáis vosotros quienes le expliquéis la situación.

17

 Mamá estaba sentada delante de una ventana en su habitación del complejo Prometeo. Detrás de ella, a través del cristal, se veían unos setos cuidadosamente recortados. Después de atravesar media selva amazónica, aquel jardín me pareció una maqueta ridícula de la vida en la Tierra.

La calidad de la holotransmisión era muy buena, teniendo en cuenta que estábamos en lo más profundo de la jungla y que la conexión se realizaba mediante microsatélites con códigos encriptados para que nadie pudiera captar las señales.

Allí estaba mi madre, en tres dimensiones, con los codos apoyados en una mesa y la cabeza entre las manos. Las lágrimas le caían por las mejillas, pero sonreía. Creo que en toda mi vida no la había visto tan agitada.

—¿De verdad estáis bien? Papá y yo... nos estábamos volviendo locos. Y lo peor es que ni siquiera Pansophos nos decía nada. Solo Zonder. Zonder me juró que estabais bien. No sé por qué lo sabía, pero lo sabía.

Recordé de golpe lo que había pasado en Yarapa: el mensaje que la médica le había dado a Sol y su extraño comportamiento después... Tenía que contárselo a la abuela. Había sido muy raro.

—¿Te fías de Zonder, mamá? —pregunté—. Por si acaso, no le cuentes esto.

—Zonder es de la familia, hijo. De todos modos, no se lo contaré. Aunque seguramente se enterará de todas formas. Es un cíborg. Tiene fuentes de información que ni siquiera papá entiende. ¿Estáis bien? ¿Adónde os han llevado?

—Mamá, estamos con la abuela. Con tu madre, Rebeca —explotó Sol.

La sonrisa de mamá se desdibujó. Sus ojos se clavaron en mi hermana. Tenía el ceño fruncido.

—Sol, no tiene gracia. Si es una broma...

—No es una broma, mamá. Rebeca está viva. Y el abuelo lo sabía. Es muy largo de contar. Tuvo que quedarse en la Tierra porque quería salvarla, ¿a que sí, Ray?

Era una forma muy dramática de expresarlo, pero asentí.

—Algo así —dije—. Mamá, no podemos alargar mucho la conexión, sería peligroso, pero tenemos muchas cosas que decirte. La primera es que la Tierra no es lo que nos habían dicho. No es una cloaca. Se está recuperando...

—Sí, de eso ya me he dado cuenta —interrumpió mi madre—. Todo el mundo lo niega, pero basta tener ojos en la cara para comprobar que mienten. Están mucho mejor de lo que se dice en Marte. Lo que me asombra es que hayan logrado mantenerlo en secreto.

—Pues eso tiene mucho que ver con tu madre, con Rebeca —continué—. Forma parte de una organización que se llama Jungla. Están reparando los ecosistemas terrestres. Tienen una tecnología que... Bueno, no te digo que esté al nivel de Marte, pero casi. Han conseguido cosas increíbles. Ya te lo contará ella.

—¿Dónde está? —Mi madre alargó el cuello, como intentando ver por detrás de nosotros—. Si todo eso es como decís, ¿por qué no está con vosotros?

—Dice que no está preparada —contestó Sol—. Y, además, tiene que ser una conversación corta para que no nos localicen. Así que vete al grano, Ray...

—Sí. Bueno. Es increíble lo que están haciendo, mamá. Estamos en la selva amazónica. ¡Hemos navegado por el Amazonas! Y no es un río tóxico. Está limpio. Todo está limpio. Y es tan bonito que parece un sueño.

—¿Eso es ir al grano? —Mi hermana me miraba irritada. Me encaré con ella.

—Sí, es ir al grano. —Me volví una vez más hacia el holograma de mamá—. Porque es para lo que nos han traído aquí. Para que lo viésemos por nosotros mismos. Para que pudiésemos contároslo a papá y a ti.

—Os secuestraron —murmuró mamá.

—Más o menos. Pero son los buenos, mamá. Tienes que fiarte.

Por su cara, me di cuenta de que no estaba dispuesta a hacerme caso.

—¿Qué quieren de nosotros? ¿Un rescate? —preguntó.

—No. Quieren información. Una tecnología nueva que llaman SCEQ. Quiere decir Sistema de Captura de Energía Cuántica. Papá podría conseguir todos los detalles a través de Pansophos.

La calidad de la imagen en 3D era tan buena que capté el brillo de indignación en los ojos de mi madre.

—Es mezquino. Utilizar a unos niños para intentar chantajear al padre. Pero no les va a servir de nada. ¿No se lo has explicado, Ray? Papá no va a hacer eso. Si lo intentase, lo desconectarían definitivamente antes de que le diera tiempo a obtener la información..., y definitivamente quiere decir del todo. Lo desconectarían de la vida.

—Se lo he dicho —expliqué—. Pero Rebeca cree que puede haber posibilidades. Y dice que a lo mejor tú sabes cómo hacerlo posible.

—Ya. Y, si no colaboramos, ¿qué? ¿Os van a matar?

La brutalidad de la pregunta me estremeció. Sol y yo nos miramos. Ella también parecía horrorizada.

—No nos van a matar —contestó mi hermana con voz temblorosa—. ¿Cómo van a matarnos, mamá? Es tu madre. ¡Es nuestra abuela!

—Mi madre murió. No me creo nada. De todas formas, aunque fuera verdad, no podría ni querría ayudarla. No voy a poner en riesgo a Duncan por esto. Si lo que decís es cierto, si no corréis ningún peligro, entonces, no hay nada más que añadir. Mi decisión está tomada. Decidle a la supuesta Rebeca que, si quiere algo de mí, dé la cara y me lo diga en persona. Y que os libere inmediatamente.

—Pero, mamá..., tenemos que ayudarles —dije—. Lo que están consiguiendo es increíble. ¿No puede haber alguna manera de que papá colabore sin correr peligro? ¿No podrías preguntárselo cuando esté desconectado?

—Podría, pero... ¿y luego qué, Ray? Cuando se conecte, detectarán el recuerdo de la conversación. Aunque a lo mejor podría pedirle a Zonder que le ayudase a borrarla.

—¿Eso se puede hacer?

—Sí. Ya lo han hecho alguna vez. De todas formas, no sé si quiero hacerlo, Ray. Es arriesgado. Desde luego, no voy a hacerlo sin hablar antes con...

Se interrumpió y entreabrió los labios. Estaba mirando algo detrás de nosotros. Me giré... y vi a la abuela allí, sosteniéndole la mirada a su hija.

—Hola, Eliana —dijo con la voz quebrada—. Cuánto tiempo.

Mamá no reaccionaba. Ni siquiera era capaz de cerrar la boca..., pero había lágrimas en sus ojos.

—Mamá... —murmuró por fin.

Lo dijo como si le costase trabajo pronunciar la palabra, como si hiciese demasiado tiempo que no la decía en voz alta. Pero no había ninguna interrogación en su voz. No había dudas. La había reconocido.

La abuela también estaba llorando.

—Perdóname, hija. O no me perdones, si no quieres. Lo entiendo. Lo entiendo todo. Pero, si estuvieras aquí, tú también me entenderías a mí. Ellos lo han entendido.

Mi madre no decía nada. Las lágrimas rodaban por sus mejillas. Miraba a Rebeca como si se tratase de una aparición.

—Quería que Ray y Sol lo vieran. Que disfrutaran de toda esta belleza. La Tierra no está muerta, Eliana. Es el lugar más bello del universo. Nuestro primer hogar.

Mamá seguía sin decir nada. Se llevó la mano a las mejillas y se limpió las lágrimas. Sus ojos resbalaron hacia Sol y luego hacia mí, para volver otra vez a su madre.

—¿Vas a hacerles daño a los niños? —preguntó con un hilo de voz.

—¡Claro que no! —declaró la abuela, indignada—. ¿Cómo puedes pensar eso? Son mis nietos... Daría mi vida por ellos.

Mamá no parecía impresionada.

—¿Qué harás si no colaboro? —preguntó—. ¿Me los devolverás?

—Claro que te los devolveré, Eliana —dijo la abuela—. No son prisioneros aquí. Te los devolveré sanos y salvos.

Mi madre cerró los ojos un momento y respiró hondo. Parecía aliviada.

—Muy bien —dijo—. Devuélvemelos y hablaremos.

—Pero es que no hay tiempo, Eliana. Tenemos enemigos poderosos aquí en la Tierra —explicó Rebeca—. Una organización que se llama Nacht. Y tienen conexiones con Marte. Sospechamos que incluso con Pansophos. Necesitamos esa tecnología para hacerles frente.

—Quieres decir, para declararles la guerra —resumió mi madre fríamente.

—No. Para darle un impulso decisivo a todo lo que tenemos entre manos. Tan decisivo y rápido que ni siquiera Pansophos pueda pararlo. En realidad, pararlo no sería su objetivo, sino más bien aprovecharlo. Reconectar la Tierra al gobierno marciano, integrarnos en su economía, explotar nuestros recursos...

—Tienes muy mala opinión de los marcianos... para ser una de ellas.

—Ojalá me equivoque, Eliana. Pero, si tienes tantas dudas, háblalo con Duncan. Él conoce Pansophos mejor que nadie. Cuéntale todo esto y que él decida.

—¿Y si decide denunciaros a Pansophos? Después de todo, es para lo que está aquí, para actualizar las bases de datos sobre la Tierra con información captada de forma humana.

—Según tengo entendido, es un hombre sabio. Y no solo cuando está conectado. Yo confío en él, Eliana. Confío en vosotros. Sé que tomará la decisión correcta. Cuéntale esta conversación y que él decida. Volveremos a ponernos en contacto con vosotros mañana, si es posible. Esta conferencia ya ha durado demasiado, es peligroso seguir... Te quiero, hija. Ya sé que no me crees, pero, algún día, quizá te lo pueda demostrar.

18

Esa noche, Viento llegó del río con un caldero lleno de peces recién pescados, y se organizó una cena comunal en la explanada de las Heliconias, que se llama así por unas plantas con flores amarillas y anaranjadas en forma de garra (en realidad no eran flores, sino hojas, según me explicó Iva).

Habían puesto una mesa larga con un mantel blanco bordado y cuencos de madera con frutas, queso de anacardos, el pescado asado y otros alimentos que no supe identificar. A la cena vinieron Samuel y sus dos hijas, Mariluz, Tukupi y otros investigadores de la base que no conocíamos todavía. Rebeca nos los presentó.

—Este es Jian Wei —indicó, mientras un hombre muy alto de rasgos asiáticos nos saludaba con una reverencia—, nuestro experto en seguridad y comunicaciones. Era jugador de baloncesto profesional antes de unirse a nosotros. ¿Nunca habéis visto un partido de baloncesto terrestre? No se parece en nada al marciano, es mucho más rápido y emocionante.

—Todavía tengo una canasta en mi despacho subterráneo —dijo Jian Wei—. Practicar tiros libres me viene muy bien para concentrarme. Si vais a estar por aquí unos días, os la enseñaré.

Sol y yo le dimos las gracias. No sabíamos cuánto tiempo íbamos a estar en la base. Ni siquiera Rebeca lo sabía.

—Y aquí tenéis a nuestro poeta Amir Rashid. Es una pieza clave de Jungla.

—¿Un poeta? —preguntó Sol.

Intenté lanzarle una mirada asesina, porque no parecía muy respetuoso hacer esa pregunta. Pero Amir no se lo tomó a mal.

—Una labor como la de Jungla necesita poetas —explicó sonriendo bajo su barba canosa—. Para crecer, para convencer y que se nos una cada vez más gente, necesitamos enamorar. Y, donde hay amor, hay poesía.

No se me escapó el gesto de mi hermana arqueando las cejas y mirando hacia las copas de los árboles. Confié en que los demás no se hubieran fijado.

Cuando ya habíamos empezado a comer, se nos unió una mujer joven y esbelta al estilo de la Tierra a la que todos llamaban Isadora. Iva, que estaba sentada a mi lado, me contó que era especialista en *parkour* y una de las mejores espías sobre el terreno que tenía Jungla.

Faltaba bastante gente de la base, pero eso, por lo visto, era normal. Cada investigación tenía sus horarios y sus exigencias, y no todos podían coordinarse para comer o cenar juntos.

Allí todo el mundo hablaba en susurros cuando estábamos al aire libre, y enseguida me acostumbré a hacer lo mismo. Una brisa desordenada agitaba las copas más altas de los árboles, donde se oía de vez en cuando el chillido de algún mono.

Después de los postres (frutos secos y una especie de crema de arroz con flor de vainilla), la abuela fue la primera en levantarse de la mesa.

—Ya sabéis que soy una mujer de costumbres —se disculpó—. Además, ha sido un día agotador para mí, con tantas emociones. Y necesito estar fresca para mañana, porque, quién sabe, con un poco de suerte tendremos noticias...

Nos miró a Sol y a mí, y nos sonrió.

—Viento os ha preparado una cabaña solo para vosotros al final del poblado —añadió—. Así estaréis más tranquilos y podréis hablar de vuestras cosas.

¿Fueron imaginaciones mías o Iva suspiró cuando mi abuela dijo aquello?

Después de que Rebeca se fuera, la conversación, que hasta entonces había sido alegre y distendida, cambió rápidamente de tono. Isadora tomó la palabra.

—Hay novedades con Nacht. No quiero informar a Rebeca hasta estar segura, pero todas sus células en la región se han puesto en movimiento. Andan preparando algo.

Jian Wei hizo un gesto hacia mí con la cabeza.

—¿Tiene que ver con ellos?

Isadora nos miró a Sol y a mí.

—Es difícil saberlo, pero puede ser. Estuvisteis demasiado tiempo en Yarapa —añadió, mirando a Iva con cierto aire de reproche—. Y ya sabes que no es un lugar cien por cien seguro.

—No fue culpa mía —se defendió Iva—. Teníamos que esperar a Viento.

—Bueno, ahora ya no tiene remedio —terció Amir—. Isadora, cuéntales lo de Bruno. Puede ser una clave interesante.

Estuve a punto de mencionar que ya sabía quién era Bruno, pero la mirada de advertencia de mi hermana me hizo callar. Para disimular, se me ocurrió hacerme el ignorante. De todas formas, sabíamos muy poco de aquel personaje.

—¿Quién es Bruno? —pregunté.

—Bruno Andreas es uno de los cerebros de Nacht —explicó Jian Wei—. Si alguna vez te encuentras con él, y esperemos que no sea así, lo reconocerás por su cráneo pelado y cubierto de tatuajes. Por lo demás, suele llevar ropa elegante. Es un viejo despiadado y un fanático. Está convencido de que necesita destruirnos. Destruir a Jungla.

—Sí, es de esos que creen que la Tierra debe unir otra vez su destino al de Marte, piensa que es lo mejor para los dos planetas —explicó Isadora—. Está loco. Por cierto, nunca mencionéis su nombre delante de Rebeca, está absolutamente prohibido.

—¿Por qué? —preguntó Sol, siguiéndome la corriente.

Los investigadores se miraron unos a otros.

—Ninguno de nosotros lo tiene muy claro —contestó Mariluz—. Yo soy una de las más antiguas aquí y de las que mejor conoce a Rebeca, pero esa parte de su vida nunca me la ha contado. No de manera clara, aunque a veces hay alusiones... Parece que, hace muchos años, cuando Rebeca acababa de unirse a la organización, el comando de Bruno la tuvo secuestrada. No sé qué querían de ella ni lo que le hicieron ni por qué al final la liberaron. Lo único que sé es que Rebeca se pone blanca como una flor de monstera cada vez que alguien menciona su nombre.

—Debe de ser... muy peligroso —murmuró mi hermana con un hilo de voz.

—Tan peligroso que ni siquiera los suyos se fían de él —dijo Isadora—. Por los mensajes que he interceptado, tengo la sensación de que nadie en Nacht sabe adónde ha ido y qué se trae entre manos. Y, fijaos..., hay una imagen de un dron que lo sitúa en el mercado de Cayena hace tan solo dos días.

Me estremecí.

—Nuestros padres están en Cayena, en el centro Prometeo —dijo Sol—. A ver si les hace daño...

—Puede que solo esté vigilando —replicó Isadora pensativa—. Es un hombre mayor, las misiones violentas se las deja a otros. Pero es raro que ande por allí. Y sin que Nacht lo sepa.

—Siempre ha tenido su propia agenda —opinó Samuel—. Ese tipo va por libre, es imposible de controlar.

—No lo molestéis —dijo Viento, que prácticamente no había hablado en toda la cena—. Bruno habla el lenguaje del río y de los árboles. Por eso es tan peligroso. Porque es uno de los nuestros, pero se niega a reconocerlo.

Sus palabras me parecieron más inquietantes que todo lo que se había dicho antes. Se me quedaron grabadas.

Las jornadas en la selva comenzaban temprano, así que hacia las ocho limpiamos las mesas y nos retiramos a dormir. Iva tenía instrucciones para acompañarnos a nuestra nueva cabaña. Hicimos todo el camino en silencio, siguiendo las normas de la comunidad de Sumak Wasi.

La choza que nos habían preparado estaba montada sobre una plataforma de madera con pilares que la separaban del suelo. Dentro había dos hamacas, una cocina de infrarrojos, una mesa con un par de sillas y un pequeño estante en la pared con libros de papel. Este último detalle hizo sonreír a Sol.

—Son los libros que dejé apartados esta mañana en la biblioteca de la abuela. ¡Me dijo que me los regalaría! ¡Y lo ha cumplido!

Cogió un libro del estante, se lo llevó a la cama, ordenó a las lámparas flotantes que se encendieran y se puso a leer. Parecía que el resto del mundo hubiese dejado de existir.

Salí de la choza y bajé las escaleras con Iva para despedirme de ella.

—Creía que los marcianos no leíais —observó ella—. Demasiado trabajo para vosotros.

—Generalmente la gente no lee. Pero los nódulos de Pansophos se entrenan leyendo libros al estilo antiguo desde niños. Dicen que es bueno para el córtex prefrontal. Aunque leemos en pantalla, claro. Allí, el papel no existe.

—Aquí tampoco existe ya. Por eso conservamos esos libros como reliquias. En la selva hay que preservarlos del moho y de la humedad, hay que tratarlos con sustancias especiales. Rebeca cuida mucho su biblioteca. Yo no sabía leer hasta que ella me enseñó. A lo mejor por eso lo valoro tanto.

Asentí.

—Es lo mismo que le pasa a Sol. Ella no va a pertenecer a Pansophos de mayor, pero, de todas formas, mis padres decidieron que aprendiese a leer. Y lee más que nadie de nuestra familia. ¿Te acompaño un rato hasta tu cabaña?

—No hace falta —murmuró Iva—. Además, tú no conoces esto bien. El poblado está muy disperso, podrías perderte. Es mejor que te quedes con tu hermana. Pero antes...

Se interrumpió, como si no supiera muy bien qué decir a continuación. Nuestras miradas se enredaron.

—Quería decirte que ha sido muy valioso lo que has hecho hoy. Lo de hablar con tu madre. Has confiado en nosotros. Es como si, desde hoy, tú fueses también parte de Jungla.

Sin darme tiempo para contestar, como si temiese mi reacción, apoyó sus manos en mis hombros, se puso de puntillas y sus labios se posaron con suavidad sobre los míos.

Me sobresalté. En Marte somos muy cuidadosos con las distancias interpersonales, no las rompemos al azar, a no ser con los miembros de nuestra familia. Los besos se consideran una costumbre bárbara y antihigiénica de la vieja Tierra. No estaba preparado...

Fue como si en mi piel se despertaran miles de terminaciones dormidas. Me las imaginé como estrellas microscópicas encendiéndose todas a la vez en mis labios, en mi cuello, detrás de mis orejas. Se me erizó la piel de todo el cuerpo. Y aquellas estrellas tomaron el mando, enviaron mis brazos a rodear la cintura de Iva, a estrecharla contra mí...

No sé cuánto tiempo estuvimos besándonos. Cuando nos separamos, di un paso hacia atrás, tambaleándome y sonriendo como un niño.

Ella también sonreía. Parecía tan asombrada y deslumbrada como yo.

Sentí que éramos dos criaturas muy pequeñas y vivas en medio de algo inmenso, oscuro y salvaje. Y no tuve miedo.

En ese momento, comprendí por primera vez lo que significaba pertenecer a la Tierra. Y supe que nunca volvería a ser el mismo.

19

Desde uno de los miradores del acantilado de cristal, Iva y yo contemplábamos abrazados las mejores vistas de Tyr. De vez en cuando yo le señalaba con la mano alguno de los edificios más emblemáticos de mi ciudad y le explicaba cómo estaba construido y para qué servía. Iva sonreía maravillada, su cabeza reclinada suavemente sobre mi hombro. Yo rodeaba su cintura con mi brazo, sentía el calor de su cuerpo en mi costado. Al mirarme, descubrí que iba vestido con una camiseta de algodón y pantalones cortos, como en la Tierra. Iva llevaba un vestido blanco con flores azules. Me pareció raro. En Marte nadie lleva esas ropas, se congelaría. Pero yo no sentía ningún frío...

Un zarandeo brusco me hizo pensar que alguien quería tirarme por el borde del acantilado. Abrí los ojos y vi a Sol. Estábamos en nuestra nueva choza de Sumak Wasi, el calor sofocante y húmedo me abofeteó el rostro. Todo había sido un sueño.

—Ray, ¿qué te pasa? Pensé que estabas drogado o algo. Llevo un buen rato intentando despertarte... Mamá está en línea. Está hablando con la abuela. Tenemos que ir a la casa del planetario.

Me tiré de la hamaca y sentí que la intensa gravedad terrestre me arrojaba contra el suelo. Por suerte, me dio tiempo a poner los brazos para amortiguar la caída. Me levanté tambaleándome. Mi hermana me miraba entre preocupada e impaciente.

—¿Estás bien? Parece que acabas de bajarte de la Terra Rustica... En serio, ¿has bebido alcohol o algo parecido?

—Algo parecido —murmuré.

No estaba dispuesto a explicarle que besar a Iva me había provocado una mezcla tan rara de euforia y ansiedad que había tardado más de cuatro horas en dormirme, y después me había provocado los sueños más nítidos y dulces que he tenido en mi vida. Ella es demasiado pequeña para entender algo así y, además, no había tiempo... Según Sol, algo había salido mal en Prometeo.

—Después de escuchar a mamá y todo lo que le contó sobre Jungla, papá decidió colaborar, recopilar información sobre la tecnología cuántica esa que quiere la abuela y, rápidamente, desconectarse —me explicó—. Según él, sabía cómo hacerlo sin correr peligro. Pero algo ha salido mal.

—¿Papá está mal? ¿Lo has visto?

—No, solo sé lo que me dijo la abuela por el comunicador holográfico. ¿Sabes que hay uno instalado en el porche de la cabaña? Te avisa haciendo vibrar el suelo... Debías de estar muy dormido para no enterarte de nada.

Salimos de la choza, descendimos al suelo y seguimos el estrecho sendero entre los árboles que conducía al centro de la base. Como de costumbre, no nos cruzamos con nadie ni oímos ningún ruido aparte de los crujidos de los insectos y los cantos de los pájaros en los árboles.

A la puerta de la casa del planetario nos esperaba Samuel. Su expresión se relajó al vernos.

—Por fin. Habéis tardado mucho —dijo—. Rebeca no quería cortar la conexión sin que Eliana pudiera veros, pero, cuantos más minutos pasen, más peligroso es mantener la conferencia... Pasad, están en el invernadero de las orquídeas.

Él mismo nos guio rodeando por fuera el edificio circular hasta una especie de cráter cubierto por una cúpula de vidrio. Había montones de flores extrañas con tallos casi blancos plantadas en recipientes de todos los tamaños y formas. Descendimos por unos peldaños esculpidos en la tierra hasta donde estaba la abuela. Frente a ella flotaba un espejo que, cuando te acercabas, se convertía en una pantalla antigua con imágenes en dos dimensiones.

Allí, en primer plano, estaba mamá. Y detrás, a la izquierda, se veía a mi padre sentado en una butaca medicalizada. Tenía los ojos cerrados y de su nariz salían dos largos tubos transparentes que lo conectaban a una máquina. Sobre la boca llevaba una mascarilla unida por otro conducto de plástico a una bombona de oxígeno.

Mamá sonrió al vernos. Estaba muy pálida y tenía dos medias lunas moradas bajo los ojos que le daban un aspecto muy raro.

—Mamá..., ¿qué le pasa a papá? ¿Está muerto? —gritó Sol.

—No, hija, no está muerto —dijo mi madre después de unos segundos, como si el sonido hubiese tardado en llegarle—. Pero está muy grave. Algo ha salido mal. No lo entiendo, él estaba tan seguro... Tendríais que haberle visto en el suelo, retorciéndose mientras la cara se le iba poniendo de color violeta porque no conseguía respirar. Si no llega a ser por Zonder, se habría asfixiado. Le practicó unas maniobras para reactivar sus pulmones.

—¿Se está recuperando? —pregunté.

Mamá me miró a los ojos y no contestó. Comprendí que no tenía fuerzas para mentirme, pero tampoco quería decirme la verdad.

—Tenemos que cortar ya, Eliana —intervino la abuela—, pero vamos a ir a buscaros. Alquila un taxi local y vete a Cayena, utiliza las coordenadas que te he dado.

—Zonder tiene que venir, es el único que sabe cómo mantener a Duncan con vida.

—De acuerdo, que venga.

Mi madre no parecía convencida.

—No creo que a Zonder le guste la idea. Dice que lo que Duncan necesita para recuperarse es tiempo. Y que podemos ganarlo si yo le sustituyo en Pansophos. Dice que puede engañar al sistema para que no se dé cuenta de que una terminal humana ha sido sustituida por otra.

—Pero, Eliana, tú no tienes experiencia en Pansophos, es muy duro. Y se darán cuenta —dijo la abuela.

—Zonder está seguro de que puede arreglarlo. Y, además, ¿qué alternativa hay?

El tono de mi madre sonaba desesperado.

—Escúchame, Eliana —dijo la abuela—. Por nada del mundo te conectes a Pansophos antes de llegar aquí. Dile a Zonder que no piensas hacerlo. Aquí tenemos un buen equipo de ingenieros de inteligencia artificial y de comunicaciones. Cuando lleguéis, decidiremos qué hacer.

—Pero es un viaje muy largo... —comenzó a protestar mamá.

—Lo haremos lo más cómodo posible. Os enviaré la Aerosilva, una de nuestras mejores naves. En menos de veinticuatro horas estaréis aquí.

En ese momento, la conexión se cortó y la pantalla flotante se convirtió en un espejo donde veíamos reflejados nuestros rostros.

—Lo siento —dijo Jian Wei, justo detrás de nosotros—. No podíamos seguir, era demasiado peligroso. Algo está pasando en Cayena, Rebeca, hemos detectado mucho movimiento de Nacht. No creo que sea sensato enviar la Aerosilva allí y luego traerla de regreso... Es darles una oportunidad demasiado buena para que nos rastreen.

—Lo haremos con un doble protocolo. Dos naves. Despegarán las dos a la vez, una será el cebo y la otra vendrá aquí. No me miréis así, Jian Wei, Samuel... Hemos hecho cosas más difíciles. Tenemos sistemas suficientes para engañarlos. Inhibidores de señal, comunicaciones encriptadas falsas, reflectores de invisibilidad... Lo usaremos todo. Isadora coordinará la operación.

—¿Y a quiénes vas a enviar sobre el terreno? —preguntó Jian Wei.

—A los mejores. Viento conducirá el cebo y nuestra Iva pilotará la Aerosilva X-23 con los pasajeros a bordo. Si alguien tiene experiencia en esta clase de misiones, es ella… No os preocupéis. No nos ha fallado nunca y esta vez tampoco lo hará.

20

La Aerosilva X-23 parecía un dron gigante en el claro de la selva que Jungla usaba como pista de despegue. Tenía el mismo tamaño más o menos que nuestra choza, cuatro hélices apuntando hacia abajo en cada esquina, una pequeña cabina con un visor transparente para los tripulantes y un par de alas curvadas y recubiertas de paneles solares. Los colores del fuselaje, una mezcla de manchas en distintos tonos de verde y amarillo, se fundían con la espesura de la selva más allá de la pista. En vuelo, la Aerosilva contaba con un dispositivo de espejos en mosaico para reflejar los colores del cielo y no ser detectada.

Sol y yo habíamos acompañado a Iva hasta allí para despedirnos. En otra pista gemela situada en el lado del río, Viento había despegado ya con su Aerosilva X-23-B hacía algo más de una hora. Llevaba todos los señuelos para que Nacht pudiese detectarlo gracias a sus avanzados sistemas de rastreo sin despertar sospechas de que se estaba utilizando para engañarlos.

Caminamos sobre la tierra roja y apelmazada hacia la nave. Iva señaló un distintivo medio borrado en la parte trasera del fuselaje. Era un jaguar.

—Es el símbolo de Jungla —explicó—. Representa la mirada de la selva. La mirada de la naturaleza, si queréis. O del planeta entero.

Me acordé de la escena en el barco, de los instantes de miedo frente al jaguar de verdad que se había colado allí, la forma en que nuestras miradas se encontraron y cómo, después, el animal se había dado la vuelta para irse. Era fácil entender por qué Jungla lo había elegido como emblema.

—Deben de confiar mucho en ti para encargarte una misión como esta —dije torpemente.

Iva me sonrió.

—Lo dices como si tú no compartieras esa confianza.

—No es eso —protesté—. Es que es muy peligroso. Me da miedo por ti.

—Tengo experiencia, Ray. No te preocupes. Traeré a vuestros padres sanos y salvos.

Su mirada se desvió hacia Sol.

—¿Quieres que les diga algo cuando los vea? —preguntó.

—Sí. Que no hagan nada hasta que hablen con la abuela. Mamá a veces puede ser muy impulsiva. Y Zonder siempre hace lo que mamá le dice. Va detrás de ella como un robot de compañía. Parece su enamorado.

No sé por qué, las palabras de Sol me provocaron un escalofrío. Nunca lo había pensado, pero Zonder se comportaba de un modo excesivamente amable y sumiso con mamá, como si su principal interés en el mundo fuese agradarla. Estábamos acostumbrados y no le dábamos importancia, pero no dejaba de ser un comportamiento bastante inusual para un cíborg.

—Se lo diré —prometió Iva.

Le tendió la mano a Sol para estrechársela. A mí me dio un abrazo. Fue muy breve, un rápido contacto de su mejilla contra la mía, sus brazos alrededor de mi cuello. Enseguida se apartó, nuestros dedos continuaron entrelazados un momento y luego también se separaron. La observé mientras subía la escalerilla retráctil de la nave. No podía dejar de sonreír como un bobo. Y, al mismo tiempo, los ojos se me llenaron de lágrimas.

Desde el interior de la cabina, Iva nos saludó a través del visor transparente antes de sentarse a los mandos del aparato. Enseguida se oyó el zumbido suave de los motores eléctricos, y las cuatro hélices comenzaron a girar a la vez levantando remolinos de polvo rojizo y hojas muertas. Incluso las ramas de los árboles se agitaban.

Sol y yo nos quedamos mirando mientras la estructura de soporte se hundía en el vientre metálico de la nave y esta empezaba a elevarse temblorosa en vertical. Ascendió hasta unos doscientos metros de altitud. Entonces las hélices cambiaron su dirección y se desplegaron las alas. En cinco minutos la perdimos de vista.

El aire recuperó poco a poco la quietud, las hojas y el polvo se posaron de nuevo en el suelo. Yo seguía mirando a lo lejos, hacia las altas masas verdes de las ceibas y al cielo azul por encima de ellas.

—No puedes hacer eso —dijo Sol a mi lado.

Su voz me devolvió a la realidad. Me volví a mirarla.

—¿De qué estás hablando?

—No puedes enamorarte de Iva. Ella es una terrícola. No puede ir a Marte y tú no te puedes quedar aquí, así que...

—No sé por qué me dices eso.

—Por favor, Ray... No seas cobarde.

Los ojos de mi hermana reflejaban preocupación. No era tan pequeña ya. Y no se merecía que yo le contestara con mentiras.

—Oye, yo no he elegido esto. Ni Iva tampoco. No sé, siento lo que siento... Ya está. No me hago preguntas.

Sol puso los ojos en blanco... o casi.

—Los seres humanos somos defectuosos, está claro. Por eso nos gobiernan las inteligencias artificiales.

Me enfadé con ella.

—¿Tú qué puedes saber? No eres más que una niña. Todo esto del amor ha sido importante en la evolución, es parte de nosotros. Y, además, no quiere decir que... A ver, yo siento lo que siento, ni siquiera sé si Iva siente lo mismo... Pero eso no significa que vaya a comportarme como un loco, a traicionar a mi familia o cosas así.

—Veremos. —Sol no parecía nada convencida—. En los holofilmes los enamorados SÍ se comportan como locos. Y toda esa historia secreta del terrible Bruno enamorado de la abuela e intentando destruirla, a ella y a su organización... ¿No te suena a locura?

Tuve que admitir que sí.

Regresamos sin cruzar palabra a la base de Sumak Wasi. Allí, todo estaba tranquilo, como de costumbre. Las hijas de Samuel estaban ensayando en la plataforma del casino y nos saludaron al vernos. Fuimos con ellas a recoger frutas de un huerto de cultivos hidropónicos colocado a mucha altura sobre una estructura en las copas de los árboles. Daba bastante vértigo... Cuando bajamos, Mariluz y Amir nos invitaron a un pase de imágenes tomadas en las últimas semanas en la gran barrera de Coral y, durante un par de horas, fue como estar bajo el mar flotando sobre bosques de árboles blancos y rojos entre peces multicolores. La vida en la base seguía su curso, aunque en el fondo todos estaban pendientes de la doble misión de las Aerosilvas y de la llegada de mis padres.

Esa noche no tuve sueños bonitos, sino pesadillas. Vi estallar el dron gigante de Iva en el aire, y el símbolo del jaguar cobró vida en la explosión y se lanzó de un salto sobre mí. Yo, horrorizado, intenté mirarle a los ojos, pero los tenía cerrados. No podía comunicarme...

Me desperté sudando y con el corazón tan acelerado que me dolía el pecho. Me incorporé en la hamaca y vi a mi hermana Sol sentada en la ventana de espaldas a mí, contemplando la noche.

Supongo que hice algún ruido que la sacó de su ensimismamiento. Se volvió y nos miramos.

—Echaré de menos esto cuando volvamos a Marte —dijo.

Su voz era casi un susurro, pero estaba todo tan silencioso que pude oírla a la perfección.

—Yo también. No sé cómo voy a vivir sin estos árboles, este cielo... ¡Hasta las mariposas!

Nos reímos con suavidad.

—No sabes cómo vas a vivir sin Iva —murmuró Sol.

En la penumbra de la choza, casi no podía distinguir sus rasgos.

—No exageres. Has visto demasiados holofilmes. Además, seguiremos en contacto, no va a ser el fin de todo...

—Eso no lo sabes, Ray. Mira a la abuela. Tuvo que despedirse para siempre de su hija y de su marido para quedarse aquí. Nuestros planetas viven de espaldas, como si el otro no existiese.

A veces me impresiona la inteligencia de Sol. Con lo pequeña que es, me asombra que sea capaz de expresar con palabras cosas que yo no sabría cómo decir.

En la zona de la cocina nos habían dejado una bolsa refrigerada con gachas de arroz y distintas clases de fruta para el desayuno. Sol y yo decidimos comérnoslo en mitad de la noche. No hablamos de mis padres, pero los dos estábamos pensando en lo mismo. Si la misión de la Aerosilva tenía éxito, llegarían a primera hora de la tarde. Entonces sabríamos lo mal que estaba realmente mi padre. En la base había varios científicos con conocimientos sanitarios. A lo mejor podían curarlo...

Era ya de día cuando volví a acostarme. Sentía el estómago pesado y el balanceo de la hamaca me mareaba un poco. Aun así, estaba tan cansado que al final me quedé dormido.

Me despertaron voces en el porche de la choza. Era Sol hablando con mi abuela.

Frotándome los ojos, atravesé descalzo la choza y salí. El resplandor del sol que se filtraba entre las hojas de los árboles me cegó. Nunca me acostumbraré a la intensidad de la luz natural en la Tierra...

Al verme, Sol y Rebeca se volvieron. La abuela estaba pálida y muy seria.

—¿Les ha pasado algo? —pregunté con un hilo de voz.

—No sabemos nada de ellos —contestó—. Por seguridad, no nos comunicamos con Iva. Lo que sí sabemos es que Viento ha llegado a Yarapa. Está bien.

Suspiré aliviado.

—Entonces, los de Nacht... ¿lo han seguido a él? Pero no lo han atacado.

—No. Pero ha sucedido algo muy extraño. En el camino desde la pista a Yarapa, a Viento lo ha abordado una mujer de etnia matsés. Son tribus no contactadas, normalmente no se acercan a nadie del poblado. La mujer estaba muy asustada, le gritaba y tiraba de él. Viento pensaba que podía tratarse de una trampa de Nacht, pero la expresión de angustia de la mujer lo convenció y terminó siguiéndola. Por lo visto, se adentraron en una zona de la selva muy densa; Viento nunca había estado allí. Como una hora después, la mujer se detuvo, apartó unas hojas de heliconia y allí estaba: era el cadáver de una mujer desnuda acostado de lado sobre la Tierra... Estaba reseco y pálido, como si llevase bastante tiempo en aquel lugar. Viento se fijó en las marcas de cuerdas alrededor de las muñecas. La habían atado... Antes de verle la cara, ya sabía quién era. Aquella melena cobriza la habría reconocido en cualquier parte. No sé si llegasteis a conocerla cuando estuvisteis en Yarapa. Era Zara, la médica de la aldea, una mujer muy querida allí.

Sentí el estómago revuelto y ganas de vomitar. No había vuelto a pensar en Zara. Y tampoco le había contado a Iva nada de lo que había pasado con ella en Yarapa.

—¿Te lo ha contado Viento? —pregunté.

—Sí. Conferencia encriptada. Incluso ha enviado algunas imágenes. La calidad no es demasiado buena, pero se ve el hematoma en la nuca. Debieron de golpearla con algo muy pesado, eso le produjo la muerte.

—¿Saben cuánto tiempo llevaba muerta?

—Por las comprobaciones que ha hecho Viento, unos diez días.

—Eso no puede ser —dijo Sol con voz temblorosa—. Nosotros salimos de Yarapa hace menos de una semana. Y esa mañana, Zara estaba viva.

—Es verdad. Yo también la vi —confirmé—. Estaba en el mercado, montando el puesto de medicinas naturales...

Me interrumpí sin llegar a terminar la frase. Recordaba perfectamente la sonrisa retadora que la médica me había dirigido aquella mañana. Y también la visita de la noche anterior a su caravana, cuando me lo encontré todo revuelto, con signos claros de violencia.

—Ella me dio el mensaje de Zonder la noche antes de irnos —dijo Sol—. No podía estar muerta.

—¿Qué mensaje? —preguntó la abuela con el ceño fruncido—. Eso no me lo habéis contado.

Sol y yo nos miramos.

—Creo que los que le han hecho algo malo a Zara nos tendieron una trampa —dije.

Capté la tensión en el rostro envejecido de Rebeca.

—Debería habérmelo imaginado —murmuró—. Yarapa no es un sitio seguro, y estuvisteis demasiado tiempo allí. Venid conmigo a la casa grande, necesito que me lo contéis todo. Y también habrá que haceros un examen médico completo. Si hablasteis con Zara cuando Zara ya estaba muerta, es que era... otra cosa... Y quién sabe lo que esa cosa os habrá podido hacer.

21

 Media hora después, mi hermana y yo estábamos tendidos en camillas bajo una potente luz artificial en uno de los laboratorios subterráneos de Jungla. Tukupi y otra investigadora de la base que se llamaba Alina y era especialista en nanoelectrónica nos empezaron a explorar bajo la atenta mirada de la abuela. Con la voz, dirigían unos robots en forma de gusanos que se deslizaban por cada centímetro de nuestra piel buscando algo y haciendo medidas. Sol no paraba de quejarse. Aquellas lombrices artificiales le daban mucho asco.

—¿No se puede mirar de otra forma? —Había hecho la misma pregunta de varias formas distintas media docena de veces—. ¿De verdad hay que aguantar estos bichos? En Marte no hacen esto.

—Esto no es Marte —replicó Alina en tono áspero—. Relájate, Sol. Si los músculos están tensos, la detección es más difícil...

—El chico está limpio —anunció Tukupi—. No he encontrado nada. Puedes vestirte, Ray. Por lo menos, a ti no te han metido ningún nanochip.

—Ni a mí tampoco. Nadie me ha metido ningún nanochip. Me dieron un mensaje de nuestros padres porque estábamos secuestrados. Me lo dio Zara y fue muy amable. A lo mejor la mataron por eso...

—Sol... Cuando Zara te dio el mensaje, ya estaba muerta —le expliqué por enésima vez—. Así que no podía ser Zara.

—Era ella... ¡La vi perfectamente!

—Sería una humanoide con su aspecto —aventuró la abuela—. Hace dos siglos que están prohibidos, pero siguen existiendo empresas clandestinas que los fabrican.

Me estremecí al pensarlo.

—Cuando hablamos con mamá, se me olvidó comentarle lo del mensaje. La verdad es que en la pantalla solo salía Zonder. No sabemos si mis padres estaban enterados.

—Se lo preguntaremos a tu madre cuando lleguen. No tardarán.

—Está aquí —interrumpió Alina señalando una pantalla con imágenes en blanco y negro—. Justo bajo la piel del dedo índice. Muy discreto. Última generación.

—¿Qué es exactamente? —preguntó Tukupi.

—Habrá que analizarlo bien, pero parece un dispositivo sencillo de geolocalización. No creo que lleve nada más.

—Nada más —repitió la abuela despacio—. Lo suficiente para destruirnos.

—¡Ay! —chilló mi hermana cuando Alina introdujo las pinzas del microrrobot bajo su piel para extraer el chip—. ¡Me has hecho daño!

—Lo llevaré al laboratorio —dijo la investigadora, ignorando la queja de mi hermana.

—No, destrúyelo inmediatamente —ordenó Rebeca—. No nos va a servir de nada a estas alturas, pero, por si acaso...

—¿Tan peligroso es? —me atreví a preguntar—. ¿Puede haberle hecho algo a Sol?

—Sol está bien, no te preocupes por ella. Pero sí, es muy peligroso. Piénsalo, Ray. Sumak Wasi es la base más importante de Jungla y nos las hemos arreglado durante décadas para mantener su ubicación en secreto. Ahora, gracias a ese nanochip, ya saben dónde estamos. Nacht no tiene más que enviar a sus comandos especiales a destruirnos... o a intentarlo.

—Por lo menos, no nos pillarán desprevenidos —dijo Alina—. Es mejor no destruirlo todavía, Rebeca. Si lo hacemos, sabrán que los hemos cazado y que estamos sobre aviso. Es mejor no perder esa pequeña ventaja.

—Tienes razón. Mantenlo activo. Tukupi, tú convoca al comité de emergencia y explica lo que ha pasado. Yo tengo que ir a la pista a recibir a mi hija, y los chicos van a venir conmigo.

—¿Crees que nos atacarán pronto? —preguntó Tukupi.

—No lo sé. Jian Wei e Isadora son los más indicados para valorar la situación. Poned sobre la mesa todos los planes de defensa posibles. Yo me reuniré con vosotros en cuanto pueda.

Un cuarto de hora después ya estábamos al aire libre, en el estrecho sendero que conducía a la pista de la Aerosilva. La abuela iba delante de nosotros. Caminaba con mucha agilidad, a pesar de no haberse sometido nunca a una terapia antienvejecimiento.

—Abuela, ¿no crees que a lo mejor el chip lo pusieron ahí nuestros padres? O Zonder —dije—. A lo mejor esto no tiene nada que ver con Nacht.

—No creo que tus padres estén detrás de la muerte de Zara ni de la humanoide que la suplantó. Además, cuando hablamos con tu madre, no tenía ni idea de dónde estábamos.

—Pero en el mensaje aparecía Zonder...

La abuela se volvió a mirarnos sin dejar de caminar.

—Zonder no es de fiar, está claro. Pero no debe darse cuenta de que sospechamos de él. ¿De acuerdo?

Sol y yo dijimos que sí. Todo parecía una pesadilla retorcida. Pensar que Zonder, la mano derecha de mi padre, alguien que para nosotros era de la familia, pudiese habernos traicionado de esa manera... Claro que, a lo mejor, él no lo veía como una traición. A lo mejor de verdad quería protegernos. ¡Después de todo, Jungla nos había secuestrado!

Seguimos caminando un rato en el silencio de la selva, hecho de crujidos, chirridos y cantos de pájaros lejanos. Una manada de monos aulladores rasgó el aire de repente, y sus chillidos nos rodearon por todas partes durante unos segundos, hasta que los vimos saltar de un árbol a otro justo por encima de nuestras cabezas para alejarse rápidamente de rama en rama.

Cuando sus aullidos se apagaron, distinguimos otro sonido grave y profundo al final del camino. Se levantó un viento desordenado que arrancó algunas hojas de las ceibas.

—Han llegado —dijo la abuela.

Corrimos detrás de ella y, pocos segundos más tarde, llegamos a la explanada redonda donde la Aerosilva acababa de posarse. Aún tenía las hélices en movimiento.

Los motores eléctricos se apagaron, los paneles solares de las alas se doblaron y la escalerilla se desplegó. La puerta se abriría en cualquier momento.

—Una cosa —dijo la abuela, volviéndose a mirarnos—. Por precaución, yo no me separaré de Zonder hasta que lleguemos a la casa grande. Vosotros intentad acercaros lo menos posible a él. Ocupaos de vuestra madre.

—¿Y papá? —preguntó Sol.

—Veremos en qué estado llega y cuál es la mejor manera de trasladarlo a la base.

La puerta de la nave acababa de abrirse. Iva fue la primera en aparecer. Descendió ágilmente a tierra y corrimos a su encuentro. Arriba, en el hueco de la puerta, apareció Zonder con gesto preocupado.

—Duncan está muy mal —nos informó Iva con voz entrecortada—. Por lo visto, solo la conexión con Zonder lo mantiene con vida. Y vuestra madre... Intenta parecer fuerte, pero necesita ayuda.

—Iva, sube otra vez a la cabina y pide una camilla para trasladar a Duncan —ordenó la abuela—. Yo me ocupo de Zonder.

Observé al cíborg mientras descendía con pasos elegantes por la escalerilla de la nave. Llevaba una americana gris y un pantalón largo del mismo color. Su joven y hermoso rostro reflejaba una extraña mezcla de emociones: parecía alegre de vernos y, al mismo tiempo, angustiado por todo lo que estaba sucediendo. Al mirarlo, nadie habría dicho que no era completamente humano.

Rebeca fue hacia él con expresión serena. Lo cogió del brazo en un gesto de familiaridad que me sorprendió y comenzó a hablarle en susurros. Los ojos de Zonder reflejaban sorpresa y placer. Daba la sensación de que le halagaba ser el centro de atención por una vez en su vida. Nos saludó con una sonrisa al pasar junto a nosotros y se dejó conducir por Rebeca hacia el sendero de la base mientras ella conversaba con él en tono confidencial. Intenté imaginarme lo que le estaría diciendo.

Los dos habían salido ya de la pista cuando mi madre apareció, inestable y temblorosa, en la puerta de la Aerosilva. Empezó a bajar con pasos inseguros. Tropezó un par de veces, como si todavía no se hubiera acostumbrado a la gravedad terrestre. Temí que se cayera.

Cuando llegó abajo, Sol y yo nos abrazamos a ella. Las lágrimas de mamá me empaparon las mejillas. Sus sollozos le convulsionaban todo el cuerpo. También a mí se me llenaron los ojos de lágrimas.

—¿Se va a morir papá? —preguntó Sol.

Mamá se apartó un poco y le cogió la cara entre las manos. La miró a los ojos.

—No lo sé. Zonder dice que conseguirá salvarlo si ganamos algo de tiempo.

—No puedes fiarte de Zonder, mamá —dije—. Parece que nos ha engañado a todos.

—No me fío de él. Pero no tenemos más remedio que seguirle la corriente. Sus circuitos y el cerebro de papá están conectados. No podemos desconectarlos sin más.

—¿Y qué quiere Zonder, mamá? —preguntó Sol.

A través del visor de la cabina de la nave podía ver a Iva hablando por un micrófono. La ayuda llegaría pronto.

—Zonder me quiere a mí —contestó mi madre en

tono inexpresivo—. Está enamorado de mí. Hace años que lo está. Debería haberme tomado en serio sus sentimientos, pero no les di importancia. «Solo es un cíborg», pensaba. «¿Qué daño puede hacernos?».

—Mamá… Nada de esto es culpa tuya —murmuré.

Sus ojos cansados se clavaron en los míos.

—Puede que no. Pero lo que está claro es que la solución está en mis manos. Solo yo puedo hacer que papá se salve. Y lo voy a hacer.

22

Cuando bajaron a mi padre de la Aerosilva solo pude acercarme a él un minuto. Lo tenían en una camilla robotizada conectado a diferentes sondas y tubos de suero y medicinas. Una máscara de oxígeno cubría su boca, pero, aun así, respiraba trabajosamente, soltando el aire con una especie de estertor angustiado cada vez.

Sol y yo nos aproximamos atemorizados. No sabíamos ni qué hacer. Tukupi dirigía el equipo de robots que rodeaba la camilla. Nos sonrió alentadora.

—Aunque no conteste, habladle —nos dijo—. Oír vuestras voces le hará mucho bien.

Puse una mano sobre la suya, amarillenta y escamosa. No reaccionó. Me fijé en que con la otra mano se aferraba a su viejo y querido reloj de arena.

—Papá —murmuré—. Te quiero. Creo que todo esto es culpa mía...

—Nuestra —me corrigió Sol. Había colocado su pequeña mano de dedos afilados en la frente de mi padre. Le temblaba—. Hemos sido unos tontos. Pero es que la abuela nos pidió ayuda y no sabíamos qué hacer...

Los párpados de papá se despegaron y sus iris azules brillaron un momento a la sombra de los grandes árboles de la selva. No enfocó la mirada y la mascarilla de oxígeno nos impedía ver su boca, pero tuve la sensación de que intentaba sonreírnos.

—Te vas a poner bien, papá, ¿verdad? —pregunté, y no me importó que las lágrimas me resbalaran por las mejillas.

—Claro que sí, Ray. Vamos a hacer todo lo posible —me contestó con suavidad Tukupi—. Pero ahora me lo tengo que llevar. Iva, tú quédate con ellos. Acompáñalos a la base, allí os darán instrucciones. Está todo patas arriba... Nosotros vamos a adelantarnos.

Solo en ese momento me di cuenta de que Iva se había bajado también de la Aerosilva y estaba detrás de nosotros. Me volví. Era consciente de que tenía la cara congestionada por las lágrimas, pero no me importó que me viera así. Ella me sostuvo la mirada con gesto serio.

Retiré la mano que acariciaba la de mi padre y Sol también se apartó. Los robots revolotearon alrededor de la camilla, que empezó a rodar sobre el terreno desigual de la selva. El grupo se alejó hacia el camino de la base supervisado por Tukupi.

Echamos a andar tras ellos. Me dio la impresión de que Iva caminaba despacio para que nos fuésemos distanciando de Tukupi y de mi padre.

—Gracias por traerlos —dije—. Sé que no era una misión fácil.

Iva asintió sin dejar de caminar.

—Ese Zonder… Está presionando mucho a tu madre. Quiere que se conecte a Pansophos lo antes posible.

—Si mi madre se conecta, su mente tendrá que enlazarse con Zonder, y parece que es lo que él persigue —expliqué.

—Tiene mucha prisa. Como si algo le diera miedo —comentó Iva.

—Eso puede ser bueno. Si tiene miedo…, es que no está claro que su plan vaya a salir bien —contesté, pensando a medida que hablaba.

—Nunca he conocido a alguien como él. Parece completamente humano…

—Es un cíborg. Una especie de humanoide con piezas biológicas en lugar de electrónicas. Bueno, más bien, una mezcla de las dos cosas. Aunque ha sido fabricado y no ha nacido de manera natural, no se puede decir que sea una máquina. Es inteligente, es consciente… Pero, a la vez, es una terminal semiautónoma de Pansophos. Nadie sabe si siente o no como un ser humano.

—Se ha enamorado de mamá —observó Sol en tono mordaz—. Eso es bastante humano, me parece.

—No estoy seguro de que eso sea amor —dije—. Una vez, papá dijo sobre Zonder algo que se me quedó grabado. Yo era pequeño y él había estado enseñándome a nadar. Me parecía tan perfecto en todo… Regresé de la piscina diciendo lo mucho que lo quería. Papá me miró apenado y me dijo: «Está bien que quieras a Zonder, Ray, pero tienes que saber que él no puede quererte a ti. No porque sea malo. No puede ser malo ni bueno… Está programado para no sentir empatía». Eso encaja bastante con lo que le está haciendo a mi madre. La presiona, la chantajea... Quiere apropiarse de ella, controlarla, pero no le importa hacerle sufrir, no le importan nada sus sentimientos.

—Es horrible —dijo Iva en voz baja.

Caminamos en silencio el resto del trayecto hasta Sumak Wasi. El camino tenía muchas curvas y pronto dejamos de ver la camilla de mi padre y sus acompañantes, aunque de vez en cuando oíamos la voz de Tukupi en la distancia dando alguna orden a los robots.

En otros momentos, la selva se tragaba todos los sonidos y solo quedaba el rumor del viento en las ramas más altas, el coro fantasmal de las cigarras y un murmullo suave del que emergían aquí y allá cantos de pájaros, susurros, sonidos breves y misteriosos que no sabía cómo interpretar.

Me había acostumbrado tanto a aquel universo verde e hirviente de vida que no me daba ya ningún miedo. Al contrario, me sentía protegido en medio de su verdor interminable, escondido de los tejemanejes de Pansophos y de todos los seres humanos, anclado al suelo por la gravedad despiadada de la Tierra.

Al doblar un recodo del sendero, vimos por fin las primeras cabañas de la base. Mi padre y sus acompañantes ya debían de haber llegado a la casa del planetario, pero junto a una de las chozas nos estaba esperando Isadora.

—Por fin —dijo al vernos—. ¡Cuánto habéis tardado! Iva, hay que actuar deprisa. Ya está preparado el búnker

3. Los vamos a meter allí. Al hombre hay que hacerle todavía algunas revisiones y la mujer está con él. Vuestros padres —aclaró, desviando la mirada de Iva hacia mí—. Así que llévalos al búnker y dales las instrucciones para cuando se produzca el ataque.

—¿Qué ataque? —preguntó Sol.

—El de Nacht. —Isadora miró a mi hermana—. Gracias al chip que traías en la piel, nos han localizado. Es cuestión de horas que se lancen sobre nosotros.

—¿Viento está bien? —quiso saber Iva.

—Bien. A salvo, de camino a Río. Sabes lo de la humanoide, ¿no?

—No... ¿A qué te refieres?

—Intentaba escapar a través de la selva, pero la localizaron con rastreadores de actividad electrónica y Viento fue a por ella. No se dejó capturar. Se autoincendió para que nadie pudiese hurgar en sus chips. Era una réplica perfecta de Zara. ¡Pobre Zara!

Miré a Isadora horrorizado. Si la verdadera Zara llevaba muerta más de una semana, eso quería decir que nosotros solo habíamos llegado a conocer a su doble robótica. La idea me puso la carne de gallina.

—No quiero ir a ningún búnker —dije—. Si van a atacar esto por culpa nuestra, al menos quiero ayudar a defenderlo.

—La mejor manera de ayudar es siguiendo las instrucciones, Ray —me contestó Iva con firmeza—. Además, tienes que cuidar de tus padres. Vosotros habéis tenido tiempo para adaptaros a la selva, ellos no.

Y tu padre… no sabemos cuánto va a tardar en recuperarse.

—Pero ¿qué vamos a hacer con Zonder? —preguntó Sol—. A mí me da miedo…

—No te preocupes por Zonder —declaró Isadora en tono confiado—. Ese cíborg es cosa mía. Necesito estudiarlo… Yo lo entretendré. Haré como que le doy información… El tiempo se le pasará volando y por un rato se olvidará de vosotros. Confiad en mí.

23

La puerta del búnker se cerró detrás de nosotros con un chasquido metálico, dejándonos atrapados en un extraño huevo subterráneo de cemento y acero. En la penumbra, las paredes, cubiertas de musgo bioluminiscente, brillaban con un resplandor espectral, bañando el ambiente en su tenue luz verde. Estaba todo muy desordenado, con cajas de cartón apiladas en los rincones, tuberías retorcidas que cubrían el techo y pantallas que retransmitían imágenes del exterior con una resolución tan baja que yo no era capaz de reconocer lo que se veía en cada una.

Mi padre se encontraba en un camastro al fondo del búnker. Su rostro apagado reflejaba el brillo fosforescente del musgo de las paredes. Tenía el cuerpo cubierto con una raída manta gris, y los cables transparentes que controlaban sus funciones vitales estaban conectados a un monitor en forma de cubo donde parpadeaban rítmicamente dos luces rojas. A un lado del camastro, sentada en el suelo, se encontraba mamá. Una sonrisa afloró a sus labios cuando nos vio. Sol corrió hacia ella, se arrodilló a su lado y la abrazó. Se quedaron así, inmóviles, con las caras juntas, pálidas como dos lunas en la oscuridad.

Me volví hacia Iva, que estaba repartiendo botellas, latas y paquetes de distintos tamaños en varias mochilas.

—Esto es por si la estancia aquí se prolonga —me explicó—. Hay galletas, pastillas para depurar el agua, en caso de que se os agotara..., aunque aquellas garrafas de ahí tienen más de cien litros. ¿Qué más? Latas de proteína y complejos vitamínicos. Un kit de primeros auxilios...

—¿Cuánto tiempo crees que tendremos que quedarnos aquí metidos?

—No lo sé, Ray. Seguramente, no durará mucho. Ellos intentarán un ataque rápido por varios flancos, lo sabemos por los informes de nuestros espías. El plan es engañarlos, hacerles creer que han conseguido su objetivo y, cuando estén ocupando las posiciones de mando, atacar nosotros, cogerlos desprevenidos. Como mucho, durará unas horas.

—Entonces..., ¿para qué nos dejas tantas provisiones?

Iva me miró unos segundos a los ojos antes de contestar.

—Por si ganan ellos. No podemos descartarlo.

No me atreví a preguntarle qué iba a ser de nosotros si eso ocurría.

—¿No puedes quedarte aquí? —dije, tratando de sonreír.

Creo que no lo conseguí del todo. A Iva pareció divertirle mi ocurrencia.

—Soy parte de Jungla, Ray. Quiero estar ahí fuera. Estoy entrenada para situaciones así. No te preocupes, no me pasará nada.

Sus ojos se desviaron hacia el grupo que componían mis padres y mi hermana.

—Y a vosotros tampoco —añadió—. Estaréis bien. Tienes que resistir y tener paciencia... Ya sabes. «La noche es siempre más oscura justo antes del amanecer».

Reconocí aquella frase al momento. Era una cita de un libro antiguo muy popular en Marte.

—*El señor de los anillos* —dije, sorprendido—. ¿Aquí también lo leéis?

—Por favor, Ray... ¡Tolkien, el autor, era uno de los nuestros! ¿Es que crees que los terrestres hemos olvidado nuestro pasado?

Riendo suavemente, se dio la vuelta y salió del búnker sin mirar atrás. Supongo que no le apetecía que nos dijésemos adiós.

Me quedé aturdido escuchando el silencio. El búnker debía de encontrarse muy bien aislado del exterior, porque no se oía el chirrido de los insectos ni el canto de los pájaros ni ninguno de los otros rumores que componen la canción secreta de la selva.

Arrastrando los pies, fui hacia donde estaban los demás. Mamá me observó sin decir nada mientras me sentaba en cuclillas frente a ella. Parecía que estaba conteniendo las lágrimas, pero en lugar de echarse a llorar soltó una carcajada seca que me sobresaltó.

—No sé por qué, este silencio me ha recordado la acampada con el abuelo a los pies del Monte Olympus. Me ha venido a la cabeza una tontería... Estábamos en medio de la nada y tú, Ray, te negaste a ponerte las botas de montaña porque decías que eran feísimas.

—Dije que eran horrendas —puntualicé.

Conseguí sonreír con los labios, pero no con los ojos.

—Es verdad —dijo Sol—. Parecían las botas de un astronauta prehistórico.

—Y Sol —continuó mamá—, tú estabas emocionada porque la brújula apuntaba al Monte Olympus. Dijiste que era como estar en el centro del universo.

—Y aún lo pienso —contestó mi hermana sonriendo—. Es muy especial estar tan cerca del norte magnético... No me miréis así, ya sabéis que soy una friki. A mí me parece especial.

Reímos los tres y, por un instante, fue como si la oscuridad del búnker se volviese un poco menos opresiva.

Desvié la mirada hacia mi padre. Parecía tranquilo, pero ausente, la mitad de su rostro oculta detrás de la aparatosa mascarilla de oxígeno. Tenía los ojos cerrados, pero, mientras lo estaba mirando, tuve la sensación de que movía los párpados, como intentando despertar.

Era curioso que, a pesar de estar inconsciente, siguiese aferrándose con tanta fuerza a su viejo reloj de arena metálica. Lo señalé.

—Sol, ¿te acuerdas de cuando le cogíamos el reloj a papá para jugar en el gimnasio de Terra Rustica? —pregunté—. Se enfadaba bastante.

—Es verdad, era muy bonito —recordó Sol—. En gravedad cero, los granitos de metal flotaban como estrellas de una galaxia en miniatura.

—Cuánto le tomamos el pelo al pobre por haberse traído eso en el equipaje. —Mamá miraba el reloj pensativa—. Yo sabía que le tenía cariño, pero hasta ese punto... Y, fijaos, lo pidió cuando empezó a encontrarse mal justo después de la desconexión de Pansophos y, desde entonces, no lo ha soltado.

—A lo mejor es importante... —comencé a decir.

Un estallido brutal hizo vibrar el suelo del búnker. Nos quedamos paralizados. Siguieron otras explosiones algo más lejanas y, poco después, disparos agudos y rápidos, como de ametralladora.

—Ya ha empezado, parece —murmuró mamá.

Nos quedamos escuchando y, durante unos segundos, no oímos nada. Después, un estallido sordo, como de algo muy pesado estrellándose en la tierra, y otro a continuación, y otro... Me pareció que resonaban voces angustiadas a lo lejos, pero no podía ser, el búnker estaba aislado acústicamente y esa clase de sonidos no podían atravesar sus gruesas paredes.

En una de ellas se habían encendido varios monitores. Uno mostraba imágenes confusas en blanco y negro que se movían. Otro parecía la proyección de una cámara de infrarrojos, con manchas amarillas y anaranjadas allí donde un ser humano se agazapaba entre la maleza o dentro de un edificio. El tercero proyectaba una imagen fija en tonos verdes fosforescentes. Parecía un rincón vacío de la casa del planetario, con una especie de trono en el medio rodeado de cables y dispositivos electrónicos. En el cuarto se veían tomas aéreas de la base que cambiaban continuamente de plano. Seguramente eran imágenes captadas con un dron.

Seguían llegándonos los ecos de explosiones quizá menos lejanas de lo que creíamos. En la pantalla en blanco y negro, distinguí formas humanas que se desplegaban a toda velocidad, se agazapaban entre las formas de

los árboles y al cabo de un rato volvían a surgir. No entendía nada de lo que estaba pasando.

Sol se acercó a mirar la misma pantalla. En un momento dado, dos de las figuras se enzarzaron en un silencioso combate cuerpo a cuerpo. Una de ellas se derrumbó.

Del camastro de mi padre llegó un gemido extraño. Mi madre sofocó un grito.

—¡Duncan!

Otro gemido. Me olvidé de la pantalla y fui corriendo hacia ellos. ¡Mi padre había abierto los ojos!

—¡Papá! ¿Estás bien?

—Duncan, ¿puedes oírnos?

Los párpados de mi padre volvieron a caer pesadamente sobre sus iris verdosos. Su respiración se había vuelto jadeante, atormentada. Sentí miedo. Aquel cambio podía ser a peor...

Con suavidad, me atreví a acariciarle la frente. Me estremecí al notar que sus dedos me rodeaban la muñeca y la apretaban con fuerza.

Sin abrir los ojos, aquella mano agarrotada guio la mía hacia la mano opuesta, la que aferraba el reloj de arena. Me hizo agarrarlo por el centro. Y lo soltó.

¿Era eso lo que quería? ¿Darme el reloj?

Lo cogí con cuidado, lo miré. Era el viejo reloj con el que jugábamos en el Terra Rustica. No había cambiado en nada. Nunca había tenido la sensación de que fuese algo muy importante, daba por hecho que para mi padre solo tenía un valor sentimental... Pero ¿y si era otra cosa?

—Duncan —seguía repitiendo mi madre—. Duncan, ¿me oyes? Dime qué sientes, Duncan... ¿Me oyes? Por favor...

Retrocedí dos pasos para alejarme del camastro. Con el reloj en la mano, miré a Sol, que no se había movido de delante de los monitores, ni siquiera cuando papá empezó a gemir. Tenía la vista fija en la pantalla y parecía paralizada de terror.

—Sol... ¿Qué pasa?

—Creo que deberías venir.

Con el reloj en la mano, regresé junto a ella. Seguí la dirección de su mirada.

En el monitor se veía una silueta desdibujada en el suelo. Parecía estar agarrándose una pierna con las manos y se contorsionaba de dolor. Algo en su forma de moverse hizo que la reconociera.

—Iva —murmuré—. ¡Es Iva!

—Yo también lo creo —dijo Sol—. Ha llegado arrastrándose entre los árboles y ahí se ha quedado. Como si supiera que justo ahí está la cámara...

—Voy a buscarla —dije, y le puse entre las manos a mi hermana el reloj de arena—. Cuida de esto, protégelo. No sé por qué, pero es importante.

—Ray... No puedes salir. —Sol me siguió hacia la entrada del búnker, donde estaban los controles de las puertas de seguridad—. Nos dijeron que no saliésemos. Y, además, no creo que puedas. Estamos encerrados...

—Me fijé en cómo abría Iva antes. No hay ningún mecanismo de seguridad.

Miré a mamá, que seguía hablándole a mi padre, ahora en susurros. Ni siquiera se había dado cuenta de lo que estaba a punto de hacer. «Mejor así», pensé.

—Cuida de ellos —le dije a Sol mientras la puerta del búnker cedía a la palanca de apertura—. Yo me tengo que ir.

24

Cuando un bebé se ve obligado a abandonar el refugio del vientre de su madre para salir al mundo debe de sentir algo muy parecido a lo que experimenté yo al salir del búnker. Los sonidos que parecían lejanos de pronto estaban allí mismo, tan brutales que me perforaban los tímpanos. Por todas partes había humo, explosiones, pequeños incendios que los drones de seguridad de Jungla detectaban y apagaban en seguida... También, curiosamente, los chillidos angustiados de un mono, pero ninguna voz humana.

Corrí a lo loco de un lado a otro, mirando a todas partes para encontrar el cuerpo herido de Iva. Me escondí al cruzarme con un robot humanoide de combate que llevaba una ametralladora bajo el brazo. Me pareció que caminaba desorientado, sin saber muy bien adónde se dirigía. Eso era buena señal... Seguí buscando entre las chozas, a los pies de las escaleras que conducían a las cabañas de los árboles, entre la maleza... Intenté recordar la imagen borrosa del monitor. Detrás del cuerpo derribado en el suelo se veía un denso muro de vegetación, pero el cuerpo estaba sobre unas losas... ¿Dónde las había visto yo? Me acordé de repente. Estaban detrás de la casa del planetario, junto a la puerta de la entrada del jardín de las mariposas.

Pensé que iba a resultar muy difícil llegar hasta allí. Después de todo, la casa del planetario era el corazón de Sumak Wasi y la batalla por controlar la base seguramente tendría aquel edificio como centro. Decidí aproximarme por la derecha, ocultándome entre los árboles. Oí pasos huyendo a la carrera y otros que los seguían, voces ahogadas ya lejos, en la selva... Doblado sobre un arbusto me encontré otro robot humanoide con el metal de la cabeza partido por la mitad y los circuitos internos al aire.

En algún momento fui consciente de que las explosiones habían cesado hacía un rato. Reinaba un silencio inquietante.

Por fin llegué al sitio que buscaba, a la entrada del jardín de mi abuela. Contuve la respiración al percibir, de lejos, un bulto que se retorcía de dolor sobre la piedra gris de las baldosas. Pero me bastó acercarme unos pasos para darme cuenta de que no era Iva. Tenía el cabello mucho más liso y era más pequeña... ¡Se trataba de Tukupi!

Me arrodillé a su lado y le aparté el pelo de la cara bañada en sudor.

—Tukupi, soy yo, Ray... ¿Dónde te han herido?

—En la pierna. Me han partido la tibia. Duele. —Tukupi apretó los dientes y cerró los párpados con fuerza para no gritar—. Llévame a la casa, Ray. Tú eres fuerte, puedes llevarme.

—¿A la casa del planetario? Pero el combate...

—Ya no hay combate, hemos ganado.

Tukupi alzó con esfuerzo el antebrazo derecho para que pudiera ver la pantalla de su intercomunicador de pulsera. Allí parpadeaba en verde una única palabra: «Hecho».

Me pasé el brazo de Tukupi por encima de mis hombros, deslicé uno de mis brazos bajo sus rodillas y otro por detrás de su espalda y, con mucho cuidado, la levanté del suelo. A pesar de lo pequeñita que era, pensé que me derrumbaría con aquel peso. ¡Creo que nunca lograré acostumbrarme a la gravedad de la Tierra!

Bordeamos el edificio circular del planetario hasta la puerta principal. Nada más entrar nos encontramos con Amir, que nos hizo un gesto para que guardásemos silencio. Detrás de él se desarrollaba una escena de lo más extraña. Mi abuela estaba de pie con una especie de túnica ceremonial y, frente a ella, en el trono que habíamos visto enfocado en uno de los paneles del búnker, se encontraba atado un hombre mayor, con el cráneo pelado y cubierto de tatuajes, y una elegante barba gris. Detrás de él, de pie y maniatados, había otros siete hombres. Y rodeando a mi abuela se encontraban todas las personas de Jungla que había conocido en aquellos días y algunas otras que no conocía. Bueno, todas no... Busqué a Iva con la mirada y no la encontré. La abuela estaba hablando, pero me hallaba demasiado lejos para entender lo que decía.

—Han caído en nuestra trampa, todo ha ido bien —susurró Amir, y luego miró a Tukupi a los ojos—. ¿Es grave?

—Fractura múltiple en la tibia —contestó ella.

Amir pulsó algo en su comunicador y un robot en forma de camilla se acercó para llevarse a Tukupi a la enfermería. Iba a seguirla, pero Amir me puso una mano en el hombro para detenerme.

—No, Ray. Es mejor que te quedes a oír esto. Estamos haciendo historia.

Avancé con Amir hacia donde estaban el resto de los miembros de Jungla.

—No veo a Iva —comenté, sin poderlo remediar—. No le habrá pasado nada...

—Está con Isadora vigilando y entreteniendo al tal Zonder —contestó Amir—. También ella ha recibido la noticia, sabe que hemos ganado... Vendrán en cualquier momento.

La abuela interrumpió su discurso al vernos llegar. Me dirigió una leve sonrisa. A pesar de su fragilidad y de sus años, en ese momento me pareció una mujer extraordinariamente poderosa. Se encaró de nuevo con Bruno y continuó hablándole.

—Tú me salvaste la vida una vez, Bruno —dijo—. Delante de todos quiero recordarlo. Fui tu prisionera un mes y siempre me trataste bien. Cuando te ordenaron que me matases, desobedeciste la orden y se lo ocultaste a tus superiores. Gracias a eso estoy hoy aquí. Y, por esa razón, yo ahora debo pagarte con la misma moneda.

—Deja esta farsa, Rebeca. Tú y yo sabemos por qué te salvé. No fue un acto de altruismo. Estaba loco por ti.

Los labios de la abuela temblaron.

—Me salvaste —repitió, ignorando las últimas palabras de Bruno—. Por eso, estoy dispuesta no solo a perdonarte la vida en nombre de Jungla, sino a perdonar también la de estos hombres que han sobrevivido. Lo único que tenéis que hacer a cambio es uniros a nosotros.

Los hombres maniatados se miraron unos a otros, desconcertados. Bruno, en cambio, sonrió impasible.

—Es muy tentador, querida. Siempre lo ha sido. Pero yo no formo parte de Nacht por capricho —contestó—. Tengo mis principios, y no han cambiado en todos estos años.

—Quieres la unión con Marte —afirmó Rebeca sosteniéndole la mirada.

—Es la única salvación posible para la Tierra. Hemos mejorado las condiciones lo suficiente como para que a Marte le volvamos a resultar interesantes. Y no podemos avanzar más sin su ayuda. Empeñarse en lo contrario es una utopía.

—Eso crees tú. —La abuela le miró con una sonrisa retadora—. Pero estás equivocado, Bruno. Ya no es una utopía, se ha convertido en una realidad. Y lo hemos hecho nosotros, Jungla. Lo hemos hecho a pesar de vosotros, a pesar de Marte, de Pansophos, de Nacht. No necesitamos a Marte, Bruno, ya no lo necesitamos. Déjame que te demuestre por qué y después decides: o te unes a nosotros... o te despides de este mundo... Eres un hombre valiente, sé que elegirás una de las dos opciones sin miedo y que no me engañarás.

—Confías demasiado en mí...

Se oyó revuelo a la entrada del edificio. Mariluz entró corriendo y se plantó con el aliento entrecortado delante de mi abuela.

—No le cuentes nada. No confíes en él. Todavía no hemos ganado —dijo, con la voz entrecortada por la carrera y la falta de aire.

—Mariluz, este es Bruno, y es el jefe del comando... —replicó Rebeca.

—Sí, pero está el otro, el cíborg... ¿Cómo se llama? Zonder. Isadora e Iva tenían orden de vigilarlo, pero se les ha escapado y...

Vi que un estremecimiento recorría las facciones de mi abuela.

—¿Y...? Mariluz...

—Están muertas. —La voz de Mariluz se quebró en un sollozo—. Están las dos muertas. Las ha matado y se ha ido.

La abuela me miró aterrorizada. Comprendí por qué.

—El búnker —dijimos los dos a un tiempo.

Las palabras sobre Iva resonaban como martillazos en mi cabeza, pero, aun así, cuando la abuela ordenó a Samuel, a Jian Wei y a otros hombres que fueran al búnker a proteger a mis padres, mis pasos se fueron tras ellos. ¿Qué otra cosa podía hacer?

25

Nos encontramos la puerta del búnker abierta. Dentro no se oía el menor ruido. 191

Samuel y Jian Wei entraron delante de mí. Detrás venían varios hombres y mujeres que nunca había visto, pero que debían de pertenecer a la red de seguridad de Jungla. Todos ellos llevaban armas de fuego.

Mis ojos tardaron unos segundos en adaptarse al tenue resplandor verdoso de la cámara principal. Cuando por fin logré distinguir algo, dejé escapar un grito.

Mi madre estaba tendida en el suelo, completamente inmóvil. Le habían quitado los zapatos y llevaba una mascarilla negra sobre la boca y la nariz. A pocos metros, mi hermana, sentada en una silla, también amordazada y atada de pies y manos, nos miraba con una mezcla de alivio y espanto en los ojos. Zonder se encontraba justo detrás de ella, sonriendo con su expresión relajada y agradable de siempre.

Desvié la mirada hacia mi padre. Su posición en el camastro no había cambiado, pero supe enseguida que le había sucedido algo horrible. El color de su piel se había vuelto azulado, y su inmovilidad era distinta a la de mi madre, rígida..., como la de la muerte.

—¿Qué les has hecho? —grité, lanzándome contra el cíborg.

Samuel me sujetó.

—Atacarlo sin más no serviría de nada —me dijo con suavidad.

Forcejeé para intentar soltarme, pero los musculosos brazos de Samuel eran como una prisión. Tuve que darme por vencido.

—No te preocupes, Ray —dijo Zonder, como si continuase siendo el viejo amigo de la familia que siempre había admirado—. Todo va a salir bien, puedes estar tranquilo.

—¡Estás loco! ¡Has matado a mis padres! ¡Has matado a Iva! —vociferé.

—¿La muchacha de piel oscura? —Zonder emitió una carcajada educada, musical—. Solo le he inducido un coma de varias horas. Prorrogable, por supuesto, si la situación lo exige. Lo mismo que a la otra... Y a tu madre. Lo de Duncan es un poco más complicado. Me temo que, llegados a este punto, nadie va a poder salvarle la vida. Es una lástima, te aseguro que le tenía cariño. Pero, tal y como están las cosas, no me ha quedado otra opción.

Las lágrimas me quemaban al resbalar por mis mejillas.

—Lo has matado —murmuré sin fuerzas.

—De momento, no está clínicamente muerto. Solo lo he reconectado a Pansophos como terminal humana en reposo. A partir de este momento, solo caben dos opciones: o lo revivo, y Duncan vuelca a la red todo lo que hemos descubierto sobre Jungla, o lo dejo como está, y Pansophos se ocupará de «podarlo» cuando llegue el momento. En cualquier caso, a Pansophos no va a gustarle que Duncan haya intentado huir de sus responsabilidades desconectándose e intentando ocultar lo que está ocurriendo en esta selva. Una vez que extraigan la información... provocarán su muerte. Es lamentable, pero así debe ser.

—Pero ¿por qué? —grité—. ¿Por qué has hecho esto?

Algo se transformó en la expresión de Zonder. Sus ojos adquirieron un brillo cruel, impersonal.

—Deberíais estarme agradecidos. Podría haber hecho mucho más. De hecho, voy a hacerlo... si no llegamos a un acuerdo. Estoy siendo muy prudente... Quiero negociar.

—¿Negociar con quién? —preguntó Jian Wei.

—Con la jefa. Con Rebeca, mi querida suegra.

Sus últimas palabras me provocaron un escalofrío. De modo que se trataba de eso. Lo que quería Zonder... ¡era a mi madre!

Jian Wei y Samuel conversaron un momento en voz baja. Samuel se fue hacia uno de los soldados y le dio instrucciones. El tipo salió escoltado por dos de sus compañeros.

—Rebeca está ocupada ahora mismo juzgando a tus secuaces de Nacht —explicó Jian Wei—. Han ido a informarle de lo que ocurre aquí. Me imagino que vendrá en cuanto pueda.

Al oír mencionar a Nacht, la boca de Zonder se contrajo en un gesto de desprecio.

—Esos inútiles. Sabía que no podía contar con ellos. ¿Se han dejado capturar?

—No se han dejado, pero los hemos capturado de todos modos —replicó Samuel—. Y eso significa que estás solo, Zonder.

El cíborg se encogió de hombros.

—Bueno, da igual. En realidad, ya no los necesito.

¡Ah, Rebeca! —Su rostro se iluminó al ver aparecer a mi abuela rodeada de una escolta de hombres y mujeres armados—. Gracias por venir. Te admiro mucho, querida Rebeca. Solo una mujer como tú podía tener una hija tan especial como Eliana...

Mi abuela se había acercado a nosotros mientras Zonder hablaba. Me puso una mano en el hombro con suavidad. Samuel me soltó. La presencia de la abuela, no sé por qué, me infundió tranquilidad.

—Déjate de estupideces, Zonder —contestó ella en tono glacial—. Has dicho que quieres negociar. ¿Qué es lo que quieres exactamente?

Zonder sonrió con nerviosismo.

—Bueno, Rebeca... Lo que yo quiero es pedirte la mano de tu hija. Al estilo tradicional. Como en los viejos tiempos terrestres.

Se hizo un silencio tan denso que parecía flotar en un gas irrespirable.

—Si querías la mano de mi hija, deberías habérsela pedido a ella —replicó mi abuela finalmente en un tono tan sereno que me sorprendió—. Pero parece que has preferido inducirle un coma. Eso no se le hace a alguien a quien quieres, Zonder. Ningún humano lo haría.

—Pero yo no soy humano. Yo amo... a mi manera. No tienes que preocuparte por Eliana, Rebeca, te lo aseguro. La haré muy feliz.

—Te estás engañando —replicó mi abuela con sequedad—. Y eres lo bastante inteligente como para saberlo. No puedes obligar a nadie a que te ame. ¿Qué pretendes? ¿Matar a su marido y llevártela secuestrada? Sabes perfectamente que eso no funcionará.

—Me subestimas —contestó Zonder en tono desafiante—. Los humanos siempre me habéis subestimado. De todas formas, no eres nadie para inmiscuirte. He intentado ser educado contigo porque eres su madre y porque..., no sé, pensaba que me entenderías. Pero, si no quieres entender, solo te queda obedecer. Esta es la situación, querida suegra: Duncan está conectado de nuevo a Pansophos. Un par de instrucciones mías y toda la información que tiene sobre Jungla pasará a la red. Vuestra labor de décadas será destruida como un hormiguero pisoteado por un elefante. No quedará nada. Si intentáis desconectar a Duncan, os encontraréis con un cuerpo en coma que irá perdiendo sus funciones una a una hasta morir. Y en ese mismo momento lo reemplazará Eliana. Lo tengo todo preparado. La información de Jungla terminará en Pansophos hagáis lo que hagáis... A no ser que colaboréis.

—¿A qué te refieres con «colaborar»? —preguntó mi abuela.

—Es muy sencillo. A mí me da igual lo que le pase a Jungla. Solo quiero a Eliana. Dadme los medios para regresar a la base de Prometeo con ella y desconectaré a Duncan. Nadie sabrá jamás lo de Jungla mientras Eliana esté conmigo. A tus nietos te los puedes quedar... En nuestra nueva vida serían un engorro.

—¿Y qué piensas hacer cuando llegues a Prometeo?

—Tengo una nave de antimateria preparada. Última generación. Nos iremos a vivir al sistema jupiterino. Tengo bastantes contactos en Ganímedes y en Europa. Allí hay más cíborgs que humanos, es, por decirlo así, nuestro entorno natural.

—Eliana no querrá acompañarte. —Noté un leve temblor en la voz de mi abuela.

—Hará el viaje en coma. Y, cuando despierte, le explicaré lo que está en juego. Su madre, sus hijos y Jungla dependen de su comportamiento conmigo. Estoy seguro de que lo entenderá.

—¡Quieres convertirla en tu esclava! —grité, intentando una vez más abalanzarme sobre él.

De nuevo me sujetaron entre Samuel y la abuela. Leí una advertencia aterrorizada en los ojos de Sol. Me obligué a calmarme.

—Tú no lo entiendes, Ray —dijo Zonder con un deje de tristeza—. Eres demasiado joven para entenderlo, no sabes lo que es el amor. El trato que te ofrezco es generoso, Rebeca. Yo me quedo con Eliana y tú te quedas con todo lo demás.

—¿Y, cuando Duncan esté desconectado, morirá? —preguntó Samuel.

Zonder se encogió de hombros.

—Pansophos ya tiene intervenido su tallo cerebral. Sospecha. En cuanto se desconecte, comenzará su agonía. No se puede evitar... y es lo mejor para todos. Pero al menos los niños se salvarán... Y Jungla... Es un trato muy generoso.

—¿Y cómo podemos estar seguros de que vas a cumplir tu palabra? —dijo la abuela.

Algo en su tono me sonó a derrota. Se me hizo un nudo en la boca del estómago.

—A mí solo me interesa Eliana —contestó Zonder, casi con amabilidad—. Mientras ella esté conmigo, no tenéis nada que temer.

Noté que la abuela intercambiaba una breve mirada con Jian Wei y otra con Samuel. Luego vi que asentía lentamente.

—De acuerdo —murmuró—. Daré instrucciones para que preparen la Aerosilva. En un par de horas podréis despegar rumbo a Prometeo.

Me volví hacia la abuela horrorizado.

—Pero no puedes sacrificar a mamá —se me quebró la voz al hablar—. Este tío está loco...

La abuela me sostuvo la mirada.

—Lo siento, Ray. Jungla lo es todo para mí. Le he sacrificado mi vida, mi familia... No puedo permitir que todo se venga abajo. Como responsable máxima de la organización, mi deber es salvarla..., y eso es lo que voy a hacer.

26

Del resto de las negociaciones entre Zonder y la abuela no me enteré. Ella ordenó que a Sol y a mí nos sacaran del búnker y nos llevaran a la casa del planetario. También decidió que Jian Wei viniera con nosotros.

Antes de salir del búnker quise acercarme a mis padres. Pensé que a lo mejor era la última vez que los veía y quería despedirme... Pero los guerreros de Jungla me lo impidieron. Sin ningún miramiento, me arrastraron hacia la entrada. Forcejeé un poco al principio, pero enseguida comprendí que era inútil enfrentarse a ellos. Con los ojos nublados por las lágrimas, me dejé conducir al exterior.

En el trayecto a pie hasta la casa del planetario, solo se oían las pisadas de las botas militares sobre el suelo de tierra compacta. Nadie decía nada. El cielo se había cubierto de nubes y resonó un trueno en la lejanía. Me pareció un efecto falso, como de holojuego de realidad virtual. Tuve la sensación de que la selva se había convertido en un decorado donde todos estábamos representando una complicada tragedia. Yo solo era un actor más. Nada era real.

Pero luego miré a mi hermana, que caminaba muy erguida delante de mí, custodiada por dos soldados de Jungla. Me di cuenta de que llevaba a la espalda la mochila de supervivencia que Iva nos había preparado. Los ojos se me volvieron a humedecer. Iva sí era real. Sol también. Estábamos los tres solos en medio de una complicada lucha por el poder que no entendíamos.

En la casa del planetario nos recibió Mariluz. Antes de que Jian Wei le explicara nada, abrazó a Sol y luego a mí.

—Ya sé lo que ha pasado. Confiad en Rebeca, no entregará a su hija. Está ganando tiempo, es todo una trampa.

Vi que Jian Wei arqueaba las cejas.

—¿Tú crees? Yo no estoy tan seguro —dijo—. Con los prisioneros de Nacht aquí, no podemos permitirnos ningún error. Y, al fin y al cabo, él no quiere hacerle daño a la mujer...

—¿Que no? —repliqué, desafiante—. Quiere llevársela con él a Júpiter, ¡quiere secuestrarla!

—Calma —intercedió Mariluz—. No sirve de nada perder los nervios. Venid conmigo, os prepararé una habitación cómoda para que podáis descansar. Rebeca no tardará en volver, si todo va bien.

—Yo no pienso moverme de aquí —declaré.

Miré a mi hermana buscando su apoyo. Ella me sostuvo la mirada y me pareció que intentaba decirme algo tranquilizador con los ojos. Sin dejar de mirarme, se descolgó la mochila del hombro derecho, abrió la cremallera principal y rebuscó en su interior con la mano. Unos segundos después, sacó el reloj de arena de mi padre.

Se lo tendió a Jian Wei.

—Ray cree que esto es importante —explicó—. Y yo también. Mi padre se lo dio a él.

—¿Un reloj de arena metálico? —preguntó Mariluz extrañada.

—Puede que sea algo más —contesté—. Algo relacionado con mi padre y con Pansophos.

—Entiendo —dijo Jian Wei—. Lo estudiaremos de inmediato.

Jian Wei dio instrucciones a dos de los soldados para que le acompañaran y se fue directamente a su laboratorio. De repente me sentía agotado, ni siquiera podía pensar. Caminé detrás de mi hermana y de Mariluz hasta llegar a la habitación que nos habían preparado. Estaba en el apartamento privado de mi abuela, y me sorprendió la forma en que estaba amueblada. Las camas tenían cortinas de gasa casi transparente como las de Marte y en la penumbra flotaban farolillos de luz dorada, también al estilo marciano.

En cuanto nos quedamos solos, Sol se tiró de bruces sobre una de las camas y se echó a llorar. Podía ver su espalda convulsionada por los sollozos. Parecía imposible consolarla.

Aparté las cortinas, me senté en el borde de su cama y le acaricié el pelo.

—Todo saldrá bien —dije.

Lo curioso es que, mientras pronunciaba aquellas palabras, tuve la corazonada de que eran ciertas.

Sol se giró sobre un costado y me miró con el rostro bañado en llanto.

—Es imposible que salga bien —dijo—. Ese loco se va a llevar a mamá.

—No. La abuela no lo va a permitir.

Me tumbé al lado de Sol y me quedé mirando las vigas de madera del techo mientras la respiración de mi hermana, poco a poco, se iba tranquilizando. No sé cuánto tiempo pasamos así. Creo que en algún momento llegué a quedarme dormido.

El sonido de la puerta me sobresaltó. Me incorporé bruscamente. La abuela acababa de entrar. Me dirigió una sonrisa y cerró con suavidad tras de sí.

—Siento el teatro de antes, pero no había más remedio —dijo a media voz—. De momento, algo hemos conseguido. Zonder nos ha permitido traer a Duncan aquí. Está en la enfermería.

—¿Has dejado a mamá sola con ese monstruo? —pregunté.

Me salió una voz extraña, quejumbrosa y aguda como la de un niño pequeño.

A mi lado, Sol había abierto los ojos, pero se mantenía inmóvil, como si tuviera miedo de moverse. La abuela se sentó en la otra cama, se quedó un momento mirándonos y luego ella también se tumbó y clavó los ojos en el techo con expresión cansada. En ese momento me pareció muy vieja. Resultaba casi increíble que alguien tan frágil tuviese en realidad tanto poder.

—No están solos —contestó—. Samuel y algunos de mis soldados se han quedado con ellos. No le hará ningún daño, no os preocupéis.

—¿Y qué va a pasar ahora? —preguntó Sol.

—Hemos puesto en marcha todo el operativo para preparar la Aerosilva y que Zonder crea que le seguimos el juego. Cuando estén a bordo, utilizaremos campos magnéticos de alta intensidad para inactivar los componentes cibernéticos de Zonder. Por desgracia, eso dañará también los dispositivos de vuelo de la nave, pero es un precio que hay que pagar. Tendremos preparado un comando de emergencia para sacar a Eliana de allí antes de que Zonder pueda reaccionar. No sabemos exactamente qué ocurrirá después, pero os garantizo que no se saldrá con la suya.

—¿Y sabes algo de Iva? ¿Ha despertado? —pregunté.

La abuela se puso de lado, con la cabeza apoyada sobre el antebrazo y el codo.

—Todavía no, Ray. Pero despertará. Parece que Zonder ha utilizado nanopartículas de interferencia neuronal para inducir el coma. Nos llevará un tiempo descubrir cómo retirarlas sin producir daños...

Oímos ruido de voces y pasos apresurados que se acercaban por el pasillo. La abuela se interrumpió y fue a abrir la puerta.

—¿Qué pasa? —preguntó.

—¡Lo hemos conseguido! —contestó la voz excitada de Jian Wei—. El reloj, el reloj de arena... ¡Es un dispositivo de desconexión ultrasofisticado con sistema de *backup* y reinicio automático! ¡Y funciona!

—Jian Wei, no entiendo una palabra de lo que me estás diciendo...

—¡Lo hemos desconectado, Rebeca! ¡Duncan es libre! Y el sistema de reinicio está activando sus circuitos neuronales en el córtex prefrontal... No va a morir, se recuperará.

Sol y yo nos abrazamos. No podía creerme que hubiera funcionado. Era el final de la pesadilla...

La abuela se volvió un momento a mirarnos y su expresión me desconcertó. Parecía... horrorizada.

—Os habéis precipitado —dijo, girándose una vez más hacia Jian Wei—. Deberíais haber esperado. Zonder ha tenido que notar lo que habéis hecho. Ahora no volverá a fiarse.

Activó su comunicador de pulsera y empezó a dar órdenes.

—Emergencia CX43, todos a sus puestos. Comando B al búnker 3, hay que actuar rápido. Campos magnéticos para inactivar al cíborg. Hay que arriesgarse.

—Aquí puesto de emergencia, Rebeca. Los sistemas no responden —replicó una voz femenina a través del pequeño micrófono del comunicador—. La conexión con los comandos se ha perdido. Todos los sistemas de seguridad parecen inutilizados. Comprobaciones de seguridad en marcha. Algo ocurre, Rebeca. Los sistemas no responden, hemos perdido el control... Y todas las puertas de la casa del planetario se han cerrado a la vez. Estamos prisioneros.

27

—Zonder se nos ha adelantado —dijo la abuela, mirándome.

La forma en que dejó caer los brazos, como si no se pudiese hacer nada más, como si la batalla estuviese perdida, me puso un nudo en la boca del estómago.

—Habrá encontrado la manera de manipular los controles de la base, pero podemos recuperarlos —replicó Jian Wei confiado—. Es uno solo contra todos nosotros...

—No, Jian Wei. No está solo —contestó la abuela—. Tiene a todos los de Nacht. A la vez que nos cierra las puertas a nosotros, a ellos se las abre. ¿No entiendes la jugada?

Jian Wei palideció.

—No puede hacer eso. Solo es un cíborg...

Nadie respondió a sus palabras. Nos quedamos todos escuchando en la penumbra, intentando adivinar por los confusos sonidos que venían de fuera lo que estaba ocurriendo. Al principio solo fueron voces lejanas. Y luego oímos ruido de botas militares que se acercaban. Venían a buscarnos.

Tal y como había predicho la abuela, eran soldados de Nacht. Zonder los había liberado y les había cedido el control de la base.

—Os están esperando —dijo una de las agentes de Nacht con voz impersonal—. Las tornas han cambiado y el jefe os quiere comunicar sus decisiones. Acompañadnos.

No intentamos oponer resistencia. Nos asignaron dos soldados a cada uno para que nos escoltaran hasta la sala del planetario. El chasquido metálico de sus botas resonaba en las paredes de los pasillos excavados en la tierra.

Bajo la cúpula oscura salpicada de estrellas nos esperaba una escena que casi parecía sacada de una obra de teatro: en medio de un círculo de luz artificial se encontraba Bruno sentado en aquella silla en forma de trono antiguo que ya había ocupado antes. Detrás de él se erguían las siluetas inmóviles de cuatro de sus lugartenientes, pero esta vez libres y armados. El resto de los prisioneros de Nacht, incluidos sus robots humanoides, vigilaban de cerca a los científicos de Jungla que acababan de capturar. En uno de los grupos se hallaba Alina junto a mi padre, que iba en una silla de ruedas y tenía la cabeza inclinada hacia delante y los ojos cerrados, como si durmiera.

A Jian Wei lo retuvieron junto a otro grupo de prisioneros, pero a la abuela, a Sol y a mí nos hicieron avanzar hasta situarnos justo enfrente de Bruno. Habían colocado allí un banco de madera y nos sentamos en él.

Los ojos de Bruno se clavaron en los de la abuela, que le sostuvo la mirada con gesto desafiante. Ninguno de los dos dijo nada. Me entró miedo. No entendía a qué estábamos esperando...

Pero mi duda quedó despejada un momento después, cuando una de las puertas exteriores se abrió y entró Zonder, caminando tranquilamente con las manos en los bolsillos de su impecable traje.

Con una sonrisa distendida, comenzó a pasearse entre los grupos que formaban los prisioneros y sus vigilantes de Nacht. Así, avanzando en zigzag, llegó hasta donde

estábamos nosotros. Con un gesto cariñoso, revolvió el pelo de Sol, como solía hacer cuando estábamos en Marte, y le dirigió una reverencia algo burlona a la abuela.

Después, fue a colocarse justo detrás de Bruno. Apoyó las manos en los remates de madera que adornaban el respaldo del trono y se nos quedó mirando. Parecía muy complacido.

—Querida Rebeca, tu confianza en ti misma es admirable —comenzó—. Así que pensabas que podías engañarme y tenderme una trampa. Me lo temía, pero quise darte una oportunidad porque eres la madre de Eliana y..., bueno, te debo un respeto.

—¿Dónde está mi hija? —preguntó la abuela con voz firme.

—En el búnker —contestó Zonder—. La he conectado a Pansophos. No me habéis dejado otra alternativa. Reconozco que no me esperaba lo que habéis conseguido con Duncan. No sé de dónde habéis sacado la tecnología para cortar todas las conexiones con Pansophos sin que su cerebro resultase mortalmente dañado.

Miré hacia mi padre, que seguía con la cabeza colgando sobre el pecho y los ojos cerrados, sin reaccionar.

—Lo que no habéis tenido en cuenta es que yo notaría la desconexión de inmediato. Soy el nódulo de enlace entre Pansophos y esta terminal humana llamada Duncan. Soy el responsable de su mantenimiento. Y, si sucede algo raro, yo tengo que responder. No puedo permitírmelo, ahora que estoy a punto de empezar una nueva vida. Así que he tenido que actuar deprisa. Afortunadamente, ya había preinstalado en Eliana el software necesario para la conexión. Así que todo está más o menos como estaba hace un rato, solo que ahora ya no puedo negociar contigo, querida suegra. No eres de fiar. Mi interlocutor es Bruno.

—¿Qué quieres, Zonder? —preguntó el jefe de Nacht con aspereza.

—Lo mismo que tú. Quiero que se acaben las tonterías de Jungla, que Marte tome el control que nunca debió perder. Y lo tienes en tus manos. Ahora mismo, yo me he convertido en la interfaz que puede conectar a Pansophos con la tecnología de Jungla. Una orden tuya y todo lo que ha conseguido la organización de Rebeca será de los marcianos. Es lo que tú has querido desde el principio. Que los terrestres no vayan por libre, que haya colaboración.

—Y tú me lo vas a facilitar... —concluyó Bruno frunciendo levemente las cejas— a cambio de algo, me imagino...

—De algo insignificante. Solo quiero la Aerosilva para huir con Eliana a Prometeo. Cuando estemos a bordo de la nave que tengo preparada para ir a Ganímedes, la desconectaré de Pansophos. Tomando las debidas precauciones para que su cerebro no sufra ningún daño, por supuesto. Y ya está. Nos iremos al sistema jupiterino y no volveréis a vernos. Los niños se quedarán aquí. Podéis hacer con ellos lo que queráis.

—No aceptes.

Las palabras, pronunciadas con una voz ronca y titubeante, las había dicho mi padre. Lo miré asombrado. Había enderezado un poco la cabeza y tenía los ojos abiertos.

—Conozco Pansophos como nadie en esta sala —continuó, ganando seguridad a medida que hablaba—. He sido Pansophos. Si descubren lo que habéis conseguido, se apoderarán de todo. Se apoderarán de la Tierra. La explotarán hasta destruirla de nuevo. No es lo que tú crees, Bruno. No es lo que la gente cree en Marte. El gobierno de una inteligencia superior que no tiene ambiciones propias..., Pansophos no es eso. Es la suma de muchas ambiciones privadas que se camuflan en su estructura. Es la excusa para gobernar el sistema solar entero al servicio de los intereses de unos pocos. No es lo que tú crees, Bruno.

El cabecilla de Nacht miraba con extrañeza a mi padre. No sé por qué, tuve la sensación de que lo que le sorprendía era que él estuviese en condiciones de hablar, y no sus revelaciones. Como si, en el fondo, todo lo que estaba diciendo mi padre ya lo viniese sospechando desde hacía tiempo.

Detrás de Bruno, Zonder había dejado de sonreír.

—Eso es mentira. Pansophos es el gobierno de la sabiduría universal —afirmó—. La conjunción perfecta de la inteligencia humana y la de las máquinas. Todo lo que haga Pansophos será para bien.

—Estás programado para pensar eso, Zonder —contestó mi padre—. En eso somos diferentes. A pesar de la cantidad de horas que le he entregado a Pansophos, yo he conservado dentro de mí la posibilidad de pensar por mí mismo, de observar y de interpretar los datos que recibo. Tú, en cambio, no estás diseñado para la libertad.

—Eso es lo que tú crees. Pero estoy a punto de demostrarte que te equivocas —replicó Zonder, crispado—. Me voy a liberar de todo, de Pansophos, de ti, de todas las malditas ataduras que he tenido que soportar a lo largo de mi existencia. Voy a empezar de nuevo... con «tu Eliana».

—Eliana no es mía. Y tampoco puede ser tuya. Es humana y es libre. Nada que tú hagas podrá cambiar eso. Puedes llevártela al extrarradio del sistema solar, puedes mantenerla atrapada allí... Pero nunca conseguirás que te quiera. Lo que más valora un ser humano es su libertad, y ella nunca podrá amarte si se la arrebatas.

Los ojos de Zonder se llenaron de lágrimas.

—Mientes. Siempre me has menospreciado. Que no sea humano no quiere decir que no tenga sentimientos —contestó en tono quejumbroso—. Bruno, acaba con esta farsa. Entrégame la nave y a cambio conectaré el banco de datos de Jungla con Pansophos. Solo tienes que decir que sí.

Bruno se levantó lentamente de su trono y se encaró con el cíborg.

—No, Zonder. Mi respuesta es no.

En cuanto dijo eso, los lugartenientes que tenía a su espalda levantaron sus armas de fuego y apuntaron a Zonder. El cíborg miró a su alrededor con expresión desamparada.

—Puedo hacerlo aunque tú no quieras —dijo—. Puedo hacer la conexión y destruiros a todos...

—Eliana te odiará siempre por ello —le contestó Duncan.

Lentamente, los labios de Zonder se curvaron en una sonrisa triste.

—Lo sé —replicó—. Ojalá no lo supiera. Pero lo sé.

Sus ojos llenos de lágrimas se posaron un instante en mí y luego en Sol. Me pareció que la miraba con cariño.

—En el fondo, nada me importa demasiado —añadió—. Y es verdad que no estoy programado para la libertad... Pero, aun así, os voy a demostrar a todos que soy libre. Miradme bien. ¿Queréis verlo?

Se oyó un chisporroteo que parecía venir de las entrañas del cíborg. Su cuerpo empezó a arder desde dentro, retorciendo los metales de sus circuitos y consumiendo a toda velocidad su parte orgánica. La sala del planetario se llenó de un espantoso olor a carne quemada...

Se oyeron gritos. Alguien acudió con un extintor. Lo rociaron para apagar el fuego, pero era demasiado tarde. Me tapé los ojos mientras, a mi alrededor, todo eran voces, carreras, golpes...

Cuando volví a abrirlos, la agonía de Zonder había terminado y solo quedaba de él una extraña escultura de piezas metálicas chamuscadas que no recordaban en nada a la forma de un ser humano.

28

Iva despertó del coma cuatro días después del asalto de Nacht y el suicidio de Zonder. La desconectaron del respirador y los monitores cerebrales a media mañana, tras asegurarse de que ninguno de sus órganos estaba dañado. Durante las primeras horas, según me contó después, estaba muy aturdida y no recordaba nada de lo que había sucedido.

A última hora de la tarde, Alina vino a buscarme.

—Ha preguntado por ti —me dijo—. Ten en cuenta que todavía se encuentra muy débil. Contesta con sinceridad a todo lo que te pregunte, pero no le des más información de la que pida. Hay que ir con calma.

La habían llevado en una silla de ruedas al jardín de las mariposas, porque era lo que había pedido. Cuando entré en el pequeño recinto, la vi al fondo, delante de un muro cubierto de orquídeas y distintas especies de enredaderas. Había adelgazado bastante y, allí sentada, rodeada por todas partes de mariposas que aleteaban como flores voladoras, me pareció muy pequeña y frágil, como la princesa de un cuento antiguo.

Se le iluminó la cara al verme y me dedicó una esplendorosa sonrisa.

—¡Ray! Pensé que nunca volvería a verte... Es lo último que pensé antes de que Zonder...

No llegó a terminar la frase. Me arrodillé al lado de su silla de ruedas, apoyé mis codos en los reposabrazos de la silla y me acerqué a ella muy despacio, perdido en la profundidad de sus ojos. Nuestros labios se encontraron y nos besamos. Fue un beso largo, lleno de delicadeza y de preguntas silenciosas.

Cuando por fin nos separamos, los ojos de Iva brillaban. Nos quedamos un momento sonriéndonos el uno al otro, y yo me habría quedado así toda la tarde, no sé, toda la vida, porque sentía que no me hacía falta nada más.

—Hemos ganado —dijo Iva, rompiendo el silencio.

Asentí y, aunque intenté evitarlo, la sonrisa se me borró.

—Bruno se ha pasado a nuestro bando —expliqué—. Y, con él, toda la organización de Nacht. Zonder se suicidó... No pensé que pudiera hacer algo así, pero lo hizo. Supongo que se dio cuenta de que su plan no tenía salida.

—Pobre Zonder. Casi me da pena.

—A mí no —repliqué, sombrío—. Dejó a mi madre conectada a Pansophos y ahora no sabemos cómo liberarla. Si la desconectamos sin más, Pansophos captará las coordenadas de la desconexión y sabrá dónde está la base principal de Jungla. Mandará rastreadores...

—Pues, entonces, habrá que llevarla a otro sitio y desconectarla allí, para despistar —sugirió Iva.

Una enorme mariposa azul se posó en los rizos de su cabeza y se quedó allí, inmóvil. Parecía un lazo brillante. Después de unos segundos, se alejó volando.

—Justo ahora hay una reunión para decidir todo eso —le expliqué—. En la sala del planetario. Parece que Zonder hizo un trabajo bastante complicado para asegurarse de que nadie más que él pudiese desconectar a mi madre sin provocarle la muerte. Pero mi padre ha estado estudiándola todos estos días y haciendo cálculos. Ahora va a contar a los demás lo que ha descubierto.

Una pequeña mariposa amarilla se me posó en el dorso de la mano. Me hacía cosquillas.

—¿Y no quieres estar con ellos? —preguntó Iva, sorprendida—. Es el futuro de tu madre...

—Luego me lo contarán, no te preocupes. Prefiero estar aquí contigo.

—No. Esto es importante y tú eres su hijo, tienes que estar presente si toman alguna decisión. Además, tú eres ingenioso, imaginativo... Necesitan tu cerebro.

Su manera de describirme hizo que me sonrojara..., ¡algo bastante difícil en un marciano!

—Creo que me sobreestimas —dije.

Por toda respuesta, Iva se apoyó en el brazo de madera de su silla, deslizó los pies hasta el suelo e intentó ponerse de pie. Las rodillas se le doblaron y tuve que agarrarla por la cintura para que no se cayera, pero se enderezó enseguida.

—Estoy bien —dijo, aunque acababa de hacer un gesto de dolor—. Si me ayudas, puedo ir caminando. Sujétame por debajo de los brazos y yo me apoyo en tus hombros... ¡Eres demasiado alto! —rio—. Así, así voy bien.

—Pero ¿estás segura? A lo mejor Alina se enfada conmigo, se supone que debo cuidarte este rato...

—Estoy bien —aseguró Iva—. Y ya me he perdido demasiadas cosas.

La vi tan decidida que no seguí insistiendo. Adaptándome a sus pasos débiles y titubeantes, la ayudé a llegar hasta la entrada del jardín y, desde allí, bordeando por fuera el edificio, alcanzamos la puerta principal de la sala del planetario.

Un par de robots de Nacht vigilaban la entrada. Todavía me daba un vuelco al corazón al verlos, pero ahora pertenecían a nuestro bando y estaban allí para ayudarnos. Con la voz impersonal de los humanoides terrestres, nos pidieron que nos identificáramos por el iris. Conectaron con sus compañeros de dentro para solicitar el permiso y, un par de minutos después, nos dejaron entrar.

Dentro del planetario, nada había cambiado demasiado desde el día en que Zonder se suicidó, al menos en apariencia. En las gradas se habían sentado algunos científicos de la base relacionados con la seguridad, los sistemas informáticos, el espionaje y la inteligencia artificial. En el semicírculo del centro había cinco sillones dispuestos en forma de arco. En el del medio se encontraba mi abuela Rebeca, a su derecha estaba Bruno y, junto a este, Isadora, la jefa del espionaje de Jungla, sorprendentemente recuperada ya del coma que había sufrido cuando la atacaron junto a Iva. A la izquierda de mi abuela se sentaba mi padre y, a su lado, Jian Wei.

Eché un vistazo general a la sala para comprobar si Sol estaba allí también, pero no la vi. Seguramente se habría quedado en la habitación donde habían instalado a mi madre, vigilando por si se despertaba. En los últimos días casi no se había separado de ella.

Me senté con Iva en una de las gradas vacías de delante. Isadora, que era quien estaba hablando cuando llegamos, había interrumpido su discurso, pero lo reanudó en cuanto nos vio sentados.

—Estaba diciendo que el desierto de Atacama es un buen lugar para intentar la desconexión. Podemos llegar allí utilizando la Lombriz. Es un vehículo terrestre dotado de sistemas ultrasofisticados para evitar su detección y lo tenemos escondido cerca de Delfín Rosado, nuestra base en la desembocadura del Amazonas. El viaje será largo, pero me parece la mejor opción. Podemos medicalizar la cabina para que Eliana no sufra ningún daño en el camino.

—Jian Wei, ¿qué opinas?

—Puede funcionar. Cuando estemos en Atacama, desconectaremos a Eliana. Podemos introducir datos falsos en el sistema para que parezca que ha fallecido de muerte natural. A continuación, huimos rápidamente con ella y, cuando Pansophos pueda llegar a las coordenadas de la desconexión, se encontrará los restos de Zonder, que trasladaremos allí, junto con huellas de una explosión y muestras de tejido de Eliana. Creerán que ha muerto allí y dejarán de buscarla.

—Yo creo que funcionará —la apoyó Bruno—. Nuestros contactos en Marte aseguran que la preocupación de Pansophos se centra en Zonder. Hace tiempo que sospechaban de su manera de actuar. Creen que ha podido hacerles algo a Duncan y a Eliana. No sospechan de ellos. Es el escenario perfecto para fingir que Zonder los ha matado y que Pansophos ni siquiera se plantee perseguirlos.

—Pero podrían buscar a los niños —murmuró Rebeca, mirándome—. Seguramente querrán llevárselos a Marte, interrogarlos...

—Eso no lo había pensado —dijo Jian Wei.

—Bueno, finjamos que Zonder también se los cargó a ellos —propuso Isadora—. Eso no afecta al plan general.

—Está bien. Me parece que es un plan sin fisuras —concedió la abuela—. ¿Tú qué opinas, Duncan?

Mi padre miró hacia mí y me sonrió antes de hablar. Era la primera vez en mi vida que le veía sonreír así, con tanta intensidad, con tanto brillo en los ojos, como declarando en silencio... «estoy aquí. Estoy aquí, totalmente presente». Claro, yo nunca lo había conocido así, desconectado permanentemente de Pansophos.

—El plan es bueno —dijo, volviéndose hacia la abuela—. Pero tengo uno mejor.

Un silencio intrigado acogió sus palabras. Mi padre parecía estar disfrutando con la expectación que acababa de despertar.

—Parece que, con vuestro plan, podríamos salvarle la vida a Eliana y es casi seguro que podríamos burlar a Pansophos, aunque creo que menospreciáis su capacidad para hacer comprobaciones que, a primera vista, parecen inútiles. De todos modos, aunque saliera bien, sería una solución para Eliana, para nosotros, pero no solucionaría el problema general.

—¿A qué te refieres? —preguntó Bruno.

—A que Pansophos seguirá existiendo, controlando a millones de terminales humanas que trabajan para la red y utilizando su poder al servicio de los intereses de unos pocos, que se enriquecen cada vez más. Por eso, yo quiero proponer un plan más radical. En lugar de desconectar solo a Eliana..., ¿por qué no desconectamos de golpe a todos los humanos de Pansophos?

Un murmullo de voces agitadas recorrió la sala.

—¿Eso se puede hacer? —me preguntó Iva en un susurro.

Casi al mismo tiempo, Rebeca se lo preguntó a mi padre en voz alta.

—Yo puedo hacerlo —contestó él.

Cogió del suelo su reloj de arena metálica y se puso en pie para mostrárselo a todo el mundo.

—Sabéis que este objeto me salvó. Uno de estos granos metálicos contenía mi nanochip de la libertad, toda la información para borrarme de Pansophos y desconectarme de la red para siempre. Pero lo que no os he dicho es que cada uno de estos granos de metal contiene el nanochip de la libertad de otro humano de Pansophos. Y aquí hay millones de granos: uno por cada terminal humana de la red.

De nuevo los susurros, las exclamaciones maravilladas, las risas de incredulidad interrumpieron su discurso.

Duncan esperó a que los ánimos se calmaran para tomar de nuevo la palabra.

—Esto lo hizo tu marido, Rebeca —continuó, mirando a la abuela—. Fue la obra de toda su vida. Tuvo que adoptar un perfil bajo y pasarse la mitad de su tiempo como emprendedor de poca monta en el cinturón de asteroides para que Pansophos no sospechase de él. Tampoco quería que Eliana lo supiera. Pero a mí, como terminal de Pansophos, me lo contó todo antes de su transición, cuando fuimos al Monte Olympus. Fue una de las noches de la acampada cuando me entregó el reloj.

—O sea, que no me abandonó —dijo Rebeca con lágrimas en los ojos—. Se pasó toda su vida luchando por lo mismo que yo.

—Sí, pero en otro frente —confirmó mi padre—. Y ahora ha llegado el momento de que las dos luchas se conviertan en una sola. Podemos hacerlo, Rebeca.

—¿Y qué pasará si todos los millones de seres humanos de Pansophos se desconectan a la vez? —preguntó Jian Wei—. Confieso que es un escenario que nunca me había planteado...

—Pansophos colapsará —contestó mi padre—. Y todos los sistemas que dependen de él se vendrán abajo.

—Pero en Marte todo depende de Pansophos —observó Rebeca—. Los transportes, los soportes vitales de los hospitales, las comunicaciones... Todo.

—Sí. Durante unos días, quizá semanas o meses, reinará el caos —confirmó Duncan—. Confiemos en que todos los sistemas de emergencia independientes de

Pansophos funcionen como deben y se eviten catástrofes. Durante el último año me he dedicado a comprobar los más importantes y creo que resistirán.

—O sea, que esto lo venías planeando… desde hace tiempo…

—No exactamente. Una parte de mí actuaba, la otra borraba de mi mente lo que hacía. Era la única manera de engañar a Pansophos: engañarme a mí mismo y a todos los que me rodeaban. El único que creo que llegó a sospechar algo fue Zonder, por eso Eliana empezó a dedicarle más tiempo y a charlar con él continuamente, para apartarlo de mí…

—Entonces, ¿mi hija sí sabía lo que estabas haciendo?

—Nunca se lo conté. Pero somos una pareja. Nos comunicamos sin hablar. Lo sabía, creo que algo sabía, o por lo menos lo intuía, sí. Intentó quitarme a Zonder de encima y el resultado fue que él se enamoró de ella… Bueno, el resto ya lo sabéis.

De nuevo se alzaron voces por toda la sala. Todo el mundo tenía algo que decir. Pero Bruno pidió silencio con un gesto y poco a poco los murmullos se fueron acallando.

—Supongamos que hacemos lo que dices, Duncan —dijo Bruno—. Utilizamos tu reloj de arena metálica para desconectar simultáneamente a todos los millones de humanos de Pansophos y colapsamos el sistema. ¿Qué ocurrirá después con Pansophos? ¿Podría regenerarse? ¿Tomar otra vez el control y buscar venganza?

—No, Bruno. Sin las terminales humanas, Pansophos se volverá ciego, sordo, inmóvil, quedará separado por una barrera infranqueable del mundo humano. Lo aislaremos y le quitaremos su poder absoluto, pero no lo destruiremos. Volverá a ser una herramienta de inteligencia artificial, como lo era en un principio. Se trata de devolverlo a sus orígenes, cuando todavía había reglas para controlarlo, cuando funcionaban los sistemas de seguridad para impedir que escapase del control de los humanos y lo dominara todo.

—Pero en Marte... la gente no sabrá vivir sin Pansophos —me atreví a decir.

Todas las miradas se volvieron hacia mí, incluidas la de mi padre y la de mi abuela.

—Tendrán que aprender a vivir como se vive en la Tierra —contestó mi abuela—. Arriesgándose, tomando decisiones, siendo libres. Quizá no lo aprecien mucho al principio, pero antes o después se darán cuenta de que les hemos hecho un gran favor.

29

Lo único que hacía falta para activar el plan de mi padre era crear un entorno de gravedad marciana en la base de Sumak Wasi. Con la tecnología de Jungla, no resultó demasiado difícil. Solo tardaron un par de días en tenerlo todo listo.

Quedaba el paso decisivo. Mi padre debía meterse en aquella cámara, activar el reloj y..., en cuestión de pocos minutos, todos los humanos de Pansophos quedarían desconectados, de tal modo que a la red no le daría tiempo a activar los sistemas de poda que podían dañar sus cerebros o el resto de su organismo.

Claro que lo más difícil era prepararse para lo que vendría después. En la Tierra ni siquiera se notaría el cambio, pero en Marte todo empezaría a fallar. Estallaría el pánico. Y la gente asustada puede hacer cosas muy peligrosas. La abuela y Bruno se reunieron durante horas con un equipo científico de unas ochenta personas para decidir los pasos que se darían y redactar los comunicados con los que pensaban tranquilizar a la población marciana. Sobre todo, había que convencer a los marcianos de que el colapso de Pansophos no significaba que ahora estuvieran gobernados por la Tierra o por otras fuerzas, sino que eran libres. No resultaría fácil de asimilar para la mayoría y muchos no lo creerían, pero, aun así, había que intentarlo.

Cuando nos reunieron a todos para mostrarnos lo que habían preparado, tuvimos que reconocer que habían hecho un buen trabajo. Los equipos de comunicaciones de Jungla conectarían simultáneamente todos los sistemas marcianos a los suyos y mostrarían un holorreportaje de realidad virtual creado por Amir donde, por primera vez, darían a conocer a todo el sistema solar la recuperación ambiental de la Tierra y la belleza de sus ecosistemas reconstruidos. Mientras, una voz en *off* explicaría que aquello había sido posible porque el planeta Madre llevaba tres siglos libre de la rapacidad económica que lo había llevado al desastre. Y luego vendría lo más difícil: explicar que Pansophos, tal y como lo conocían en Marte, no era compatible con ese equilibrio natural, que tarde o temprano volvería a destruirlo. Había que devolver a la inteligencia artificial a su lugar como ayudante de los humanos, no como dirigente y autoridad suprema, para que lo que se había conseguido pudiera conservarse.

Después de muchos debates, se decidió que el discurso final para convencer a los marcianos de que habían salido ganando con el colapso de Pansophos porque ahora eran libres lo daría mi abuela. Mi padre y Bruno le ayudaron a escribirlo. Después, ella se grabó un montón de veces pronunciándolo con diferentes fondos, en diferentes escenarios... El resultado no acababa de convencerla.

La desconexión estaba prevista para el martes 10 de septiembre de 2523 según el calendario terrestre. Se haría a las cuatro en punto de la tarde, hora de Sumak Wasi. La información llegaría a Marte unos doce minutos y medio después, es decir, a última hora de la noche del sol 500 del año 2523 marciano en la ciudad de Tyr. Bruno y Duncan pensaban que esa era la hora menos peligrosa para el colapso de Pansophos.

Los marcianos notarían lo ocurrido de mil maneras distintas: los transportes se pararían, los sistemas de intercambio de aire de las cúpulas urbanas entrarían en modo de emergencia, quizá el suministro eléctrico se interrumpiría, lo mismo que todos los sistemas de entretenimiento en red conectados a Pansophos. Los electrodomésticos empezarían a emitir alarmas, saltarían mensajes automáticos llamando a la calma y a refugiarse en las cámaras protegidas de los edificios, como si fuera a producirse el choque de un meteorito o una erupción volcánica...

Media hora más tarde, aproximadamente, Jungla utilizaría un satélite de Nacht para enviar su mensaje holográfico a través de una red militar de emergencia independiente de Pansophos. Emitirían el reportaje sobre la Tierra y, a continuación, el mensaje de la abuela.

Pero, cuando solo faltaban tres horas para activar el plan, Bruno y la abuela todavía estaban llenos de dudas.

Nos encontrábamos en la biblioteca de la casa del planetario. Mi padre se había ido a probar los sistemas en la cámara de gravedad marciana, y Sol, como siempre, se había quedado con mi madre, que seguía en coma. Iva y yo escuchábamos un poco asustados la conversación de los dos ancianos. Si ellos no tenían claro lo que iban a hacer, ¿cómo íbamos a confiar los demás?

—No funcionará —repitió la abuela por enésima vez, sentada en una silla con los codos apoyados sobre la mesa de la cocina—. Los marcianos verán a una anciana viva y se asustarán. La vejez natural les da miedo. Pensarán que soy una vieja bruja.

—Les extrañará verte, pero no pensarán eso —aseguró Bruno mientras removía un sofrito de verduras de olor intenso y picante en una sartén de hierro sobre el fuego—. Por favor, Rebeca, eres mucho más guapa que esas personas sin signos de edad que llegan a la transición con la piel de un bebé. Y, además, lo que importa no es la persona, es el mensaje.

—Pues, si crees eso, ¿por qué no haces el discurso tú? —le replicó mi abuela.

Bruno soltó una carcajada enronquecida.

—Con mi cabeza rapada y cubierta de tatuajes, no creo que tenga la imagen más apropiada para llamar a la calma.

Siguieron discutiendo así un buen rato, mientras Iva y yo ayudábamos a la abuela a poner en la mesa los platos y vasos de arcilla para la comida.

Cuando Bruno apartó la sartén del fuego y se puso a repartir el sofrito en los platos, se quedó un momento abstraído con la cuchara de madera en una mano y la sartén en la otra mirando al vacío. Y después nos miró a Iva y a mí.

—¿Por qué no lo hacen ellos? —propuso—. A ellos los creerán. Míralos, Rebeca, son la viva imagen de la inocencia. Adolescentes, perdidos, ignorantes. Un marciano y una terrestre. Y, además, enamorados.

Sentí que me ruborizaba hasta las orejas. Iva frunció el ceño y parecía a punto de protestar, pero no lo hizo.

—No puedes jugar con eso —contestó la abuela—. No estaría bien. Es demasiada responsabilidad, se volverían conocidos en todo el sistema solar, y alguien podría culparlos de lo sucedido, y perseguirlos...

—O verlos como unos héroes —la contradijo Bruno—. Que es lo que son en realidad.

Mi abuela parecía realmente enfadada con el exlugarteniente de Nacht.

—Solo a ti se te ocurriría intentar utilizar a unos críos para algo como esto —observó con aspereza—. Bruno, ya no estás en el eje del mal. Y, estés donde estés, el fin no justifica los medios. Kant, el imperativo categórico... ¿Es que no sabes nada de filosofía?

—Nada de nada —admitió Bruno con satisfacción, como si su ignorancia fuese un mérito—. No te pongas así, solo era una idea...

—Yo quiero hacerlo —interrumpió Iva.

Los tres la miramos. Parpadeó, nerviosa.

—Creo que Ray y yo podemos hacerlo. Y la idea me parece bonita. Una terrestre y un marciano. No hace falta que digamos nada, es evidente lo que hay entre nosotros. Cuando estamos juntos, bueno..., saltan chispas, ¿no?

—Sí —dije yo, y se me dibujó una sonrisa.

Ella sonrió también.

—Pues eso —continuó—. Diremos el mensaje entre los dos y la gente nos creerá porque verán que nos queremos y..., bueno, eso no creo que lo pueda superar su amor a Pansophos.

La abuela nos miró unos instantes con las cejas arqueadas en un gesto de incredulidad. Suspiró. Y, poco a poco, también ella comenzó a sonreír.

—A lo mejor funciona. ¿Por qué no?

Tres horas más tarde, todo estaba listo para poner en marcha la operación. Yo fui a ver a mamá antes de ocupar mi puesto con Iva en la cabina de comunicaciones. Sol estaba con ella, como siempre. Le hablaba, le contaba cosas de la selva y del viaje que habíamos hecho con Viento y su descascarillado barco a través de toda la red fluvial del Amazonas. Mamá, con los ojos cerrados, parecía tranquila.

Cuando entré, Sol corrió hacia mí y me dio un abrazo.

—Estoy orgullosa de ti —me dijo—. Lo vais a hacer muy bien.

Yo no lo veía tan claro, pero estaba decidido a hacerlo lo mejor posible. Abracé a mi hermana. El olor a frutas exóticas de su pelo no era el que solía tener en Marte, pero seguía siendo ella, mi hermana pequeña, un fragmento de mi hogar en medio de aquel planeta que, solo unas semanas antes, me resultaba completamente desconocido.

Me acerqué a darle un beso a mamá. Su expresión no cambió ni lo más mínimo. Se me formó un nudo en la garganta y los ojos se me llenaron de lágrimas. Retrocedí un par de pasos sin dejar de mirarla. Sol me apretó las manos.

—Va a estar bien. Cuando todo esto acabe, va a estar bien.

Tuve que hacer un gran esfuerzo para salir de aquella habitación en penumbra. No quería separarme de ellas. Estábamos a punto de dar un paso que iba a cambiar la vida de miles de millones de personas en la Tierra, en Marte y en todo el sistema. Y no teníamos ninguna garantía de que fuese a salir bien.

En la cámara de gravedad marciana, papá ya estaba iniciando la cuenta atrás para la desconexión. Iva me estaba esperando en la cámara del planetario, donde ya habían activado la conexión con el satélite de Nacht para empezar a emitir en cuanto colapsara Pansophos.

Todo ocurrió en medio de un extraño silencio. Los paneles que mostraban distintas perspectivas de la superficie marciana flotaban a nuestro alrededor. Iva me agarró un brazo con suavidad y señaló uno de los paneles que mostraba parte del hemisferio sur. Los puntos de luz de las ciudades se fueron apagando uno a uno, como si alguien estuviese retocando la imagen con viejas técnicas manuales.

Samuel puso en marcha los sistemas de emisión y el holorreportaje nos rodeó por todas partes, igual que doce minutos y medio después comenzaría a rodear a millones de personas en Marte. Se proyectaría en fachadas de edificios, en parques públicos, en monumentos y hasta en jardines privados. No llegaría a tanta gente como Pansophos, pero, aun así, millones de hombres y mujeres contemplarían asombrados las aguas oscuras del Amazonas, los altísimos árboles con las ramas recortándose contra el cielo azul, los juegos de los guacamayos revoloteando allá arriba como estrellas azules y rojas, la explosión de la lluvia y su música repicando en la tierra, en las hojas, en la lámina plateada de los ríos...

Verían todo eso mientras una voz en *off* les explicaba que no eran imágenes producidas por inteligencia artificial, que eran reales y que pertenecían a toda la humanidad, pero no a Pansophos ni a su red de poder, que habría vuelto a ponerlas en peligro.

Escuché todo el mensaje y me dejé envolver por las imágenes, los olores y los sonidos imaginándome cómo estaría reaccionando yo si hubiese sido un marciano más, uno de mis amigos en Tyr y todo aquello me hubiese pillado desprevenido. ¿Qué estarían sintiendo mis compañeros de clase en ese momento? Miedo, probablemente. Y también incredulidad. Pensarían: «Esto no puede estar pasando»...

Cuando el holorreportaje terminó, la abuela nos hizo un gesto para que nos acercásemos a los micrófonos. Iva y yo dimos un paso adelante. No teníamos nada preparado, nos habían pedido que improvisásemos.

—Yo soy Iva —empezó ella—. Tengo quince años terrestres. Pasé casi toda mi infancia siendo una niña explotada en un vertedero de residuos tóxicos. Después, la asociación Jungla me rescató y vine aquí, a la selva, para ayudar a reconstruir los ecosistemas de la zona. Nunca pensé que existiese tanta belleza en el mundo. Creía que era algo del pasado. Pero existe. Se puede ver, oír, tocar, oler. Y es algo que nos pertenece a todos, a todos los seres humanos, vivamos donde vivamos.

—No, Iva, no nos pertenece —dije yo, mirándola, y ella me sonrió—. Nosotros le pertenecemos a ella, a esta belleza, la belleza de la Tierra, de Marte, del universo. No somos sus dueños, somos sus hijos. Yo me llamo Ray y hace unos meses mis padres me informaron de que este verano lo pasaríamos en la Tierra. Yo no tenía ningunas ganas de venir. Y, al principio, nada fue fácil. La gravedad aquí... Bueno, es como si te cargaran con una mochila que pesa dos veces más que tú. Y el Sol... es tan luminoso que hiere la vista. No creo que me acostumbre nunca. Pero hay una cosa a la que me he acostumbrado enseguida aquí en la Tierra, ¿y sabéis qué es? Se llama libertad. Es poder vivir sin depender de una gran inteligencia artificial que lo controla todo. Pansophos no va a dejar de existir, será lo que era al principio, nuestra ayudante, nuestra aliada. Pero los seres humanos no somos terminales de un sistema; no somos piezas de una máquina antigua ni moléculas de una nanomáquina moderna.

Somos imperfectos. Somos mortales. Y somos la mirada del universo. Un día en la selva me encontré con un jaguar. Es un animal maravilloso. Nos miramos a los ojos, y él se dio la vuelta y me dejó en paz. Mi amigo Viento me explicó más tarde que, cuando lo miré a los ojos, el jaguar había entendido que yo tenía una conciencia, una vida frágil y hermosa como la suya, y por eso no me había atacado. Pues eso. Nosotros somos humanos y podemos hacer eso que Pansophos no sabía hacer: mirar a los ojos a los otros seres de este planeta, reconocer esas otras vidas frágiles y hermosas, y no atacarlas. Podemos seguir con nuestras vidas como hasta ahora sin dañar todo esto. Yo creo que no es tanto pedir.

30

Mamá tardó más de un mes en ponerse bien después de la desconexión. Fueron semanas agitadas. Cada día me despertaba con la sensación de que podía pasar cualquier cosa, desde lo mejor hasta lo peor... Sobre todo al principio. Las noticias que nos llegaban de Marte eran fragmentarias e incompletas. Sabíamos que había habido problemas graves en los transportes y las comunicaciones marcianas, que algunas ciudades se habían desconectado del resto para «afrontar la emergencia y restablecer el orden público» en las primeras horas, y que la gente había pasado miedo...

Pero no habíamos contado con los mejores aliados para nuestra causa: los millones de hombres y mujeres que, gracias a mi padre, se habían liberado de Pansophos. Aquellas terminales humanas a las que todo el mundo trataba como si fueran medio cíborgs resultaron ser al final el pilar básico sobre el que se empezó a construir el nuevo régimen democrático que, después de las próximas elecciones pansolares, gobernará en todas las zonas habitadas del sistema, incluidos Marte y la Tierra.

Los pansofistas, como llaman ahora todos a las terminales humanas desconectadas, han desarrollado una gran capacidad para comprender la forma de pensar de Pansophos y de cualquier otra inteligencia artificial, pueden manejar sin problemas ingentes cantidades de información y, sobre todo, poseen una sensibilidad especial para comprender las debilidades humanas y ayudar a evitar el sufrimiento. Gracias a ellos, la nueva Pansophos, una inteligencia artificial sin terminales humanas, no ha resultado tan peligrosa como en un principio nos pareció. Se entienden con ella, han sido capaces de mantenerla aislada en una red de bases de datos sin contacto con otros sistemas, y el resultado es que Pansophos continúa funcionando exactamente igual que antes, pero bajo supervisión humana.

Hubo gente que intentó detener la revolución, sobre todo en las altas esferas marcianas: todos los que resultaban beneficiados por los tejemanejes económicos de Pansophos, por los sesgos injustos de sus algoritmos, por la agenda oculta diseñada para enriquecer a unos pocos a costa de los demás. Pero esa gente cometió un grave error: no sabía nada sobre la inteligencia artificial que habían puesto a su servicio. No la comprendían, nunca la «habían mirado a los ojos». A la hora de la verdad, se dieron cuenta de que ellos no estaban en condiciones de reprogramar Pansophos. Ahora están intentando negociar con las asambleas democráticas marcianas y terrestres para conservar su libertad a cambio de ceder una buena parte de la riqueza que acumularon engañándonos a todos.

En un par de semanas, mi familia regresará a Marte. Se han empeñado en hacer el viaje en el Terra Rustica, aunque muchas ciudades terrestres y marcianas les han ofrecido sus mejores naves. Es por una cuestión sentimental. Me estoy imaginando a mi padre en el gimnasio de gravedad cero, bailando encantado con su reloj de arena metálica..., que ya ha cumplido su función.

Mi lugar a bordo lo va a ocupar la abuela. En Marte hay mucha curiosidad por la labor de Jungla y se ha organizado un tour para que ella dé conferencias en todas las ciudades importantes. Cuando acabe el recorrido, que le va a llevar varios meses, quiere ir de acampada al Monte Olympus y quemar incienso terrestre en una hoguera en recuerdo de mi abuelo Hugh. Sin él, toda esta revolución no habría sido posible.

Creo que Bruno se va a quedar con las ganas de acompañarla, pero sabe que, de momento, no puede ir a Marte. Tiene demasiado trabajo aquí, supervisando la reconversión de Nacht y la unión de sus científicos con los equipos de Jungla. Es curioso, pero, a pesar de que se han pasado media vida luchando, creo que entre mi abuela y Bruno existe cierta... ¿atracción? En realidad, es más que eso. Parece que están unidos por una complicidad especial. No sé, me da la sensación de que, cuando la abuela vuelva de Marte, van a pasar la mayor parte de su tiempo juntos.

No voy a decir que me da igual que mi familia se vuelva a casa mientras yo me quedo aquí en la Tierra. Los voy a echar mucho de menos..., pero la decisión está tomada.

Me quedo aquí, con Iva. No porque haga muchísima falta que me quede. En la Tierra se las pueden arreglar perfectamente sin mí. La cosa es que yo no estoy tan seguro de poder arreglármelas sin la Tierra. Y no es solo por Iva, porque la quiero y me gusta estar con ella y no soporto la idea de pasarme meses o años sin verla. Es por la selva, por la música de la lluvia repiqueteando sobre las hojas, por la ancha cinta oscura del Amazonas que se ramifica en mil corrientes cada vez más estrechas hasta que se pierde el rastro de su nacimiento. Es por las brillantes mariposas azules del género Morpho, por el jaguar que me miró a los ojos en el barco de Viento, por los delfines rosados, por el canto de cristal de los grillos cuando se hace de noche.

Estos días estamos todos en Yarapa. Hemos venido para la fiesta de las Lámparas. Por primera vez, todas las aldeas y ciudades de la Tierra, de Marte y de las colonias del sistema solar se han puesto de acuerdo para una celebración común. Después de siglos de separación, hemos vuelto a sentir que formamos parte de lo mismo. Al final, las cosas que nos importan a los seres humanos, vivamos donde vivamos, siempre son parecidas: queremos que nos acepten y nos quieran, queremos aportar algo que nos sirva a nosotros y a los demás, queremos ser libres, tener tiempo y energía para soñar y para dejarnos llevar por la curiosidad... En resumen, ¡queremos que nuestra vida se convierta en una buena historia!

Por la tarde, Iva y yo salimos a caminar y fuimos hasta la orilla del río. En la arena nos encontramos con una vieja canoa de madera abandonada. Nos sentamos dentro y nos pusimos a jugar a que remábamos, a que nos enfrentábamos a todo tipo de peligros: caimanes, pirañas, monstruos cibernéticos que salían de las profundidades... Nos empujábamos, nos abrazábamos cuando llegaba la amenaza, nos gritábamos toda clase de cosas absurdas como si fuésemos personajes de un libro de aventuras y nos reíamos tanto que todavía tengo agujetas.

Cuando la Luna apareció por detrás de los árboles, decidimos volver a la aldea. También queremos encender nuestras lámparas y cuidarlas toda la noche hasta el amanecer, como van a hacer todos los seres humanos esta noche, en todos los rincones del sistema solar... Bueno, todos no. Eso sería demasiado ambicioso. Lo harán todos los que se hayan enterado de la fiesta y se sientan a gusto con la idea de estar empezando algo nuevo, algo que no sabemos cómo será, pero que nos hará sentir más unidos que hasta ahora. Y a lo mejor el año que viene se entera más gente en todo el sistema y lo hacen el doble de personas. Y al siguiente todavía más...

—¿A que no sabes de quién fue la idea de las lámparas? —le pregunté a Iva.

—No, ¿fue tuya?

A lo lejos, en lo alto de los árboles, oímos un griterío de monos que se alejaba rápidamente. Después, solo los grillos y el rumor suave del viento.

—Fue de Sol —contesté—. Es muy poético, ¿a que sí? Cada humano del sistema cuidando una luz durante toda la noche. La misma noche en todas partes.

—Sol es muy especial —observó Iva con suavidad—. Me va a dar mucha pena que se vaya.

—En Marte siempre me burlaba de ella porque me parecía una miedosa. Pero al final se ha comportado como una valiente. Nunca me lo habría imaginado. El otro día le pregunté por qué había cambiado tanto, ¿y sabes lo que me contestó?

Iva me miró sonriendo.

—No... ¿Qué?

—Me dijo: «Un día, cuando estaba más asustada que nunca, tres personas me invitaron a cantar y bailar bajo la lluvia. Y así, bailando, cantando y riéndome, descubrí que lo contrario del miedo no es el valor: es el cariño, el lazo que te une a la gente que quieres, el asombro por la belleza del mundo y la alegría de vivir».

Aquí acaba este libro
escrito, ilustrado, diseñado, impreso, editado
por personas que aman los libros.
Aquí acaba este libro que tú has leído,
el libro que ya eres.